M. d' Avezac

Aperçus historiques sur la rose des vents

Antigonos

M. d' Avezac

Aperçus historiques sur la rose des vents

Réimpression inchangée de l'édition originale de 1874.

1ère édition 2024 | ISBN: 978-3-38666-352-6

Antigonos Verlag est une marque de Outlook Verlagsgesellschaft mbH.

Verlag (Éditeur): Outlook Verlag GmbH, Zeilweg 44, 60439 Frankfurt, Deutschland
Vertretungsberechtigt (Représentant autorisé): E. Roepke, Zeilweg 44, 60439 Frankfurt, Deutschland
Druck (Imprimerie): Libri Plureos GmbH, Friedensallee 273, 22763 Hamburg, Deutschland

APERÇUS HISTORIQUES

SUR LA

ROSE DES VENTS

LETTRE

à Monsieur Henri Narducci, *Bibliothécaire de l'Université royale à Rome*

dernier éditeur du poème de la Sfera de Goro Dati

PAR

M. D'AVEZAC

MEMBRE DE L'INSTITUT DE FRANCE, ETC.

ROME,

IMPRIMERIE JOSEPH CIVELLI

Foro Trajano, 37

1874.

All'onorevole signor Comm. CESARE CORRENTI, *Presidente della Società Geografica Italiana.*

CHIARISSIMO SIGNORE

Assai mi tengo onorato che il dotto sig. D'Avezac, membro dell'Istituto di Francia e notissimo pei molti suoi importanti lavori che specialmente illustrano la storia della geografia, abbia tolto occasione dalla stampa ch'io procurai nel 1865 pei tipi del Daelli in Milano della Sfera del Dati e d'altri poemetti italiani, per indirizzarmi la seguente lettera che debbo alla cortesia di Lei di vedere impressa in questa reputata raccolta. Nè mi dà minore soddisfazione il rilevare come nella sua lettera il sig. D'Avezac si accosti alla mia opinione, che veramente Gregorio Dati fosse autore del mentovato poemetto scientifico, e la conforti della sua rispettabile autorità. La variante ch'egli sullo scorcio della sua lettera propone circa la lezione dei due ultimi versi della stanza relativa alla rosa dei venti è non meno dotta che ingegnosa; nè alcuno, cred'io, oserebbe oppugnare le ragioni scientifiche e storiche onde il signor D'Avezac con la solita sua dottrina avvalora la sua restituzione; ma la concordia dei codici e delle stampe antiche e moderne, non meno che la sintassi ed il ritmo stanno contro di essa. Onde, pur ritenendo ragionevolissima la emendazione del sig. D'Avezac, io sarei tratto a credere che lo stesso Dati avesse in quel luogo mal disposto e definito l'ordinamento e l'interpretazione dei venti. Infatti chiaro apparisce da tutta la stanza che il Dati fece alternativamente menzione dei quattro venti principali e dei quattro intermedi, laddove facendo seguire allo Scilocco, immediatamente il Libeccio, il Mezzodì cacciato in fondo si ricongiungerebbe da capo col Ponente, senz'altro intermedio. E però parmi trattarsi realmente d'una falsa sinonimia del Dati.

Ma qui mi permetta, egregio signor Presidente, che a sdebito di riconoscenza io rammenti alcuni dei titoli, pei quali mai non mancherà appo noi italiani di essere ricordato il nome del sig. D'Avezac fra quelli degli stranieri i più benemeriti degli studi nostri. Egli infatti nella sua lunga e laboriosa carriera scientifica assai spesso fece oggetto dei propri studi, argomenti che molto da vicino riguardano e interessano l'Italia. Ricorderò fra questi e per ordine di tempi una memoria sulle Vie romane nella Numidia e nella Mauritania, considerate in relazione all'occupazione del paese (nel Tableau des établissements français en Algérie pel 1839); un cenno sulla lingua in che fu scritta la relazione originale di Marco Polo (Bulletin de la Société de géographie, agosto 1841); una notizia su Marco Polo e i suoi viaggi (art. MARC POLO nella Encyclopédie des gens du monde, 1842); i Frammenti d'una notizia intorno ad un atlante manoscritto veneto della Biblioteca Walckenaer, e determinazione delle date delle diverse parti onde esso si compone (Bull. de la Soc. de géogr. 1847); una Nota sopra un atlante idrografico eseguito in Venezia nel XIV° secolo, ed ora conservato nel Museo Britannico, con un fac simile (Ivi, 1850); i Viaggi di Americo Vespucci per conto della Spagna, e le misure itinerarie adoperate dai marinai spagnuoli e portoghesi dei secoli XV° e XVI°, in proseguimento alle sue considerazioni geografiche sulla storia del Brasile (Ivi, 1858); la spedizione genovese dei fratelli Vivaldi alla scoperta della strada marittima per le Indie orientali nel XIII' secolo, in occasione di una recente memoria del sig. Giorgio Enrico Pertz su questo argomento, con un post-scriptum (Nouv. Ann. des voyages, 1859); una Notizia su la vita e i lavori del luogotenente generale Alberto La Marmora, e del contrammiraglio Giovanni Washington corrispondenti stranieri della Società geografica di Parigi, letta nella pubblica seduta del 18 dicembre 1863 (Bull. de la Soc. de géogr. gennaio 1864); una Nota sopra un Mappamondo turco del secolo XVI°, conservato nella Biblioteca Marciana di Venezia, con un piccolo schizzo figurativo di questo monumento xilografico, letta all'Accademia delle Iscrizioni e Belle lettere (Ivi, 1865); altra memoria intorno ad un atlante idrografico del 1511 del genovese Vesconte de Maggiolo, tra i manoscritti della biblioteca d'Altamira (Annales des voyages, 1871); un'Orditura cronologica della vita di Cristoforo Colombo; vero anno della sua nascita, e rassegna delle principali epoche della sua vita; studio critico letto in comunicazione nella tornata delle cinque accademie dell'Istituto il 4 ottobre 1871 (Bull. de la Soc. de géogr., 1873); il Libro di Ferdinando Colombo, rivista critica delle allegazioni proposte contro la sua autenticità, letta in comunicazione all'Accademia delle Iscrizioni e Belle lettere (Ivi). E finalmente son da notare due altri suoi lavori non ancora dati alla stampa, uno dei quali letto alla Società geografica di Parigi nel gennaio 1859, concerne il Ravennate e la sua esposizione di cosmografia, con rivista di tutti i lavori dei quali fu oggetto, restituzione del suo Mappamondo, e apprezzamento delle fonti alle quali egli attinse, ed osservazioni preparate nell'aprile 1872 per una comunicazione all'Accademia delle scienze; l'altro versa intorno ad un nuovo manoscritto del P. Timoteo Bertelli sulla Epistola de magnete di Pietro Peregrino di Maricourt.

La lunga esperienza, l'assennatezza e imparzialità dei giudizi, la perizia paleografica, la famigliarità con le fonti anco recondite attinenti agli studi suoi, dànno ai lavori del sig. D'Avezac un'importanza speciale, cui accresce pregio l'abilità rarissima in simile genere di ricerche, di riuscire graditi anco ai superficiali cultori degli studi. Onde stimai non inutile ricordare ai nostri italiani i titoli di benemerenza, che il sig. D'Avezac si è omai acquistato per le sue pubblicazioni relative all'Italia.

Con sentimenti di rispettosa stima ho l'onore di profferirmi

Della S. V. Ch.^{ma}

Devotissimo

E. NARDUCCI.

Cher Monsieur,

C'est une bien vaste question que celle des vents; et rien qu'à écrire ce mot, je frissonne d'appréhension devant l'horizon illimité que la fantaisie pourrait, à ce propos, ouvrir à mon aventureuse exploration: la prudence conseille de se précautionner dès l'abord contre les entraînements irréfléchis d'une curiosité intempestive.

Dieu me garde de vouloir sonder les mystérieuses obscurités où le lyrisme du Psalmiste hébreu nous fait entrevoir le Tout-Puissant en sa colère, armé de la foudre, porté par les Chérubins sur les ailes du vent, effrayant la Terre, ébranlant les montagnes, semant sur son passage les ténèbres, la grêle, les eaux et le feu du ciel: mon esprit se détourne de ces sombres images et se dérobe aux rudes vibrations de la harpe de Juda.

Se laissera-t-il séduire davantage aux poétiques fictions où se complaisent les muses grecques et latines; et sous le charme des accords de la lyre d'Homère ou de Virgile, s'attardera-t-il à écouter, comme aux jeunes ans, l'histoire d'Eole livrant complaisamment au sage Ulysse l'outre fameuse où le roi d'Ithaque doit garder emprisonnés les vents qui menacent de troubler son voyage? Ou bien est-ce plutôt Neptune dont nous voudrons entendre la formidable voix dominer les orages et réprimer de son menaçant *quos Ego...* les vents ameutés contre la flotte du pieux Enée?.... Hélas! le pieux Enée et le sage Ulysse n'éveillent plus nos sollicitudes, et nous congédions d'un sourire ces puérilités vieillies.

Sous de tout autres aspects, plus dignes d'une investigation sérieuse se présente à nous aujourd'hui le champ indéfini de l'étude des vents: et c'est là que j'ai à prendre ma voie; mais pour ne m'y point laisser égarer, je me hâte d'assigner tout d'abord des limites étroitement circonscrites aux considérations qui, depuis longtemps déjà, sont venues par intervalles m'inciter à entamer avec vous une causerie sur cette matière: causerie modeste d'étendue et de langage, à l'humble diapazon des notions élementaires qui servent de prélude à la plus simple Géographie. Dans de telles conditions un seul mot me semble pouvoir suffire à determiner la portée discrète du sujet auquel j'ai dessein de restreindre mon élocubration; et la dénomination toute nue de *Rose des vents*, ainsi énoncée au début de mon épitre, en va devenir en réalité l'unique et formal programme.

La *Rose des vents*, à proprement parler, c'est tout simplement, suivant que s'accordent à la definir nos dictionnaires de marine, un cercle mobile de carton, de corne, ou de talc, adapté à la boussole ou compas de route, et divisée en trente-deux secteurs, pour représenter l'horizon et ses trente-deux aires de vent; ou bien, en empruntant les termes d'un dictionnaire scientifi-

que usuel fort répandu chez nous (celui de Bouillet), c'est « l'ensemble des
« trente-deux rayons par lesquels on partage la circonférence de l'horizon
« afin de pouvoir estimer en mer la direction des vents. »

Cette appellation, qui ne parait point antérieure au XVI siècle, et qui
n'est usuelle que depuis le XVII, n'a point consérvé la spécialité d'application
qu'elle avait reçue à l'origine: les érudits du XVIII siècle eurent l'idée de
comparer à la *rose* moderne le *Schème* ($\sigma\chi\tilde{\eta}\mu\alpha$) et la *forme* (*forma*) où les
Grecs et les Romains traçaient respectivement la disposition figurative de
leurs systèmes des vents; et au commencement de ce siècle la voix docto-
rale de Gossellin, l'oracle académique de son temps pour la géographie systématique et positive des anciens, promulguait, sous le titre d' *Eclaircisse-
ments sur les différentes Roses des vents des anciens*, le résumé dogmatique
des prétendues doctrines de l'antiquité classique à ce sujet.

Ce m'est un point de départ tout trouvé pour l'investigation d'ensemble
à travers laquelle je me proposais d'arriver aux questions de détail que j'ai
dessein d'examiner finalement avec vous.

Après Gossellin, non point en parallèle avec lui, se présentera sur ma
route un grand seigneur portugais qui a vécu parmi nous avec un renom de
vaste érudition dans l'histoire des sciences géographiques des temps ultérieurs
et qui a publié sur cette matière une série de volumes, où il est traité spécialement, en son lieu, *Des différentes Roses des Vents qu'on remarque
dans les mappamondes et dans les cartes du Moyen-Âge*.

Gossellin, ai-je dit, a formulé magistralement une doctrine générale de
la Rose des Vents dans l'antiquité classique: ce n'est en réalité qu'un ar-
rangement factice, imposé arbitrairement par cet esprit systématique, aux
éléments historiques qu'il recueillait d'ailleurs aux sources légitimes.

On voit se succéder chronologiquement, en progression régulière, dans
ce travail dogmatique, une série de Roses ainsi étagées:

Rose de deux vents ;
Rose de quatre vents ;
Rose de huit vents employée par Homère ;
Rose de huit vents d'après Aristote ;
Rose de douze vents d'après Timosthènes ;
Rose de vingt-quatre vents d'après Vitruve.

Pour bien apprécier la portée chronologique de cet échafaudage, il faut
noter que l'époque d'Homère, estimée à plus de dix siècles avant l'ère chré-
tienne, n'y occupe que le troisième rang; le deuxième rang y est dévolu aux
grecs d'une période antérieure; et la Rose de deux vents remonterait par
conséquent à une antiquité plus grande encore !

Cela mérite examen: et l'on pressent déjà que l'examen renversera les
premières assises d'un édifice à l'erection duquel il eût fallu des bases plus
certaines.

Prenons à Gossellin lui-même les propres termes de son exposition. Pour
le début il nous offre cet apophthegme:

« Les anciens Grecs ne divisaient le cercle de l'horizon qu'en deux par-
« ties, et ne connaissaient que deux vents: les *Boréas* renfermaient tous les
« vents qui soufflaient de la bande du nord, ou du demi-cercle compris en-
« tre l'occident et l'orient equinoctial, dans l'espace de 180°; et les *Notos*, tous

« les vents qui partaient de la bande du sud, dans toute l'étendue de l'autre
« moitié de l'horizon. »

Puis cette affirmation non moins absolue: « Les Grecs distinguèrent *en-*
« *suite* les vents qui soufflaient des quatre points cardinaux, divisant l'hori-
« zon en parties égales de 90° chacune. »

A l'appui de tout cela, Gossellin n'allègue pour autorité qu'un seul nom,
celui de Thrasyalces, que lui fournit Strabon (I. II. 21). Or, disons-le tout de
suite, ce Thrasyalces, que Strabon lui-même ne semble guère connaître que
par des citations do Possidonius, il le désigne seulement (XVII. I. 5) comme
un des anciens *Physiciens* (dénomination caractéristique de l'Ecole de Thalès,
comme l'épithète de *Mathématiciens* était caractéristique de l'Ecole de Pythagore): et Possidonius, montrant l'enchaînement traditionnel de certaines
théories que Callisthènes avait empruntées à Aristote, Aristote à Thrasyalces,
Thrasyalces à un autre, et ce dernier à Homère, assigne ainsi le rang chronologique appartenant à Thrasyalces, au delà d'Aristote, mais bien en deçà
d'Homère. Cette remarque faite, je reviens à l'assertion de Gossellin sur l'e-
xistence primordiale d'une *Rose de deux vents* antérieure à Homère et aux
prédécesseurs de ses prédécesseurs.

Des esprits confiants et irréfléchis ont bien pu se laisser prendre au ton
affirmatif et tranchant des paroles du maître: mais il devait suffire d'un regard moins inattentif pour demeurer frappé des équivoques d'interprétation
des textes au moyen desquels un audacieux paradoxe est venu, sous forme
d'antiques témoignages historiques paraissant attester un fait hors de con-
teste, se substituer à la simple énonciation d'une opinion discutable et con-
troversée.

Je recours, sans plus tarder, au passage de Strabon auquel se réfère, par
l'unique annotation du nom de Thrasyalces, notre doctoral pédagogue; et j'accepte tout d'abord sans contrôle la version française de La Porte du Theil
et Coray, qui est évidemment celle que Gossellin avait lui-même sous les
yeux, et à laquelle il avait, de fait, matériellement rattaché son travail, à titre d'Introduction (pp. xcvii à cxiv). Je transcris:

« Suivant quelques écrivains, il n' y a proprement que deux vents, le
« Boréas et le Notos; les autres n'en diffèrent que peu pour la direction,
« puisqu'ils viennent, l'Eurus du levant d'été, l'Apéliote du levant d' hiver,
« le Zéphyr du couchant d'été, l'Argeste du conchaut d'hiver. Les partisans
« de cette opinion l'appuyent du témoignage de Thrasyalces, même de celui
« du Poète (Homère), qu'on voit, nous disent-ils, unir l'Argeste au Notus, et le
« Zéphyr au Borée ».

Il n'est pas besoin d'aller plus loin pour se convaincre qu'il n'est là question
que d'une opinion de quelques écrivains disposés à donner une prééminence
exclusive aux deux vents Borée et Notos, en attribuant aux autres (il y en
a quatre dénominativement désignés) un rôle dépendant assez mal expliqué, et
en invoquant, à l'appui de cette doctrine l'autorité de Thrasyalces, dont pas
un mot ne nous est transmis, et celle d'Homère dont on allègue des vers où
Notos et Borée sont précisément accompagnés d'autres noms de vents plus ou
moins connus.

En somme il s'agit, non comme se l'est imaginé Gossellin, d'une époque
primitive où tout le savoir des Grecs en matière de vents se serait borné

à la notion exclusive de Notos et Borée; mais bien d'un temps postérieur à une distinction multiple de vents divers, dont on voulait tenter une classification simplifiée. Quelque difficulté que notre intelligence éprouve à se rendre un compte précis de l'argumentation des novateurs telle que nous la trouvons ici exposée, ce fait fondamental demeure incontestable : que cette argumentation s'exerçait sur un système préexistant de vents distincts déjà nombreux en fait que ceux de la Rose de quatre vent ; et la conséquence immédiate de cette vérité reconnue, c'est qu'il faut renvoyer au pays des chimères la fantastique Rose primitive de deux vents rêvée per Gosselin.

Justice faite à cet égard, c'est désormais la Rose de quatre vents, corrélative à la disposition symétrique des quatre points cardinaux, qui vient s'offrir en première ligne à notre étude.

Il serait oiseux, je pense, de disserter sur l'antiquité à laquelle doit remonter cette distribution quadripartite des plages ou régions du Ciel, d'après laquelle est determinée à son tour la situation des contrées de la terre. Si loin que le regard puisse percer la nuit des temps, il y saisit la trace des quatre directions fondamentales. Les sculptures hiérogliphiques de l'Egypte et les inscriptions cunéiformes de l'Assyrie, aussi bien que les traditions bibliques des juifs, constatent que la distinction en était déjà consacrée par l'usage chez les peuples de qui les Grecs reçurent leur civilisation. Elles avaient pour base naturelle le cours apparent du Soleil, qui chaque jour semble recommencer, à travers le Ciel, une même route coupant l'horizon aux deux points opposés du lever et du coucher, et recoupée elle-même à angles droits par la méridienne, qui passant à la fois au zénit et aux deux pôles, marque en même temps les deux points, également opposés, de midi et de minuit.

Parallèlement à cette orientation originelle du monde, directement rapportée à l'astre du jour, il dut se produire bientôt des synonymies déterminées par d'autres points de vue, par exemple la correlation des quatre directions reconnues, avec l'observateur appelé à en tenir compte. Les plus anciennes manifestations d'un culte envers la divinité, l'accomplissement des rites que le sacerdoce y attacha, consacraient comme une règle invariable l'usage constant de se tourner en pareil cas vers le Soleil levant : de là une désignation nouvelle des points cardinaux par leur situation relative à l'égard de l'observateur, qui avait normalement l'orient *devant* soi, le couchant *derrière*, le midi *à droite*, et le minuit *à gauche*, là où le soleil absent laissait briller au ciel les sept étoiles de l'Ourse. Les peuples de langue sémitique cantonnés sur le littoral extrême de la Méditerranée avaient admis d'autres synonymies encore, en rapport non plus avec le Ciel ni avec l'homme, mais avec le Sol, tenant compte alors de la double antithèse que présentent l'intérieur des terres et la mer, le désert aride et la contrée hivernale.

Ces nomenclatures diverses, formant chacune à part soi, dans l'origine, un groupe homogène distinct, s'entremêlèrent ensuite sans souci de leurs connexités respectives, pour former un assemblage arbitraire de dénominations usuelles empruntées ecclectiquement aux divers systèmes: ainsi peut on voir dans les textes bibliques, associées le plus fréquemment entre elles, les désignations topiques de *Yam* (la mer) et *Negeb* (le désert) dénotant l'ovest et le midi, la dénomination héliaque de *Tzafoun* (caché) affectée au soleil absent, et l'orientation relative de *Qadym* (devant) spéciale à l'observateur.

Un amalgame analogue se retrouve chez les Arabes de nos jours, dans leur désignation la plus usuelle des quatre points cardinaux par les noms arbitrairement associés de *Scherq* et de *Gharb* signifiant au propre le Levant et le Couchant, de *Genoub* dont l'explication étymologique reste incertaine, et de *Schmâl* qui n'est autre que le côté gauche.

Peut-être, en empruntant le savoir d'autrui, pourrais-je montrer que ce genre d'ecclectisme avait déjà cours dans les temps reculés dont les souvenirs ne nous sont parvenus qu'à travers les mystères des écritures hiéroglyphiques et cunéiformes qui couvrent les monuments de l'Egypte et de l'Assyrie; mais je ne veux pas empiéter sur le droit exclusif des adeptes, de toucher à ces déchiffrements controversés; et je me contente d'énoncer le fait sur la simple foi de leur parole.

Il n'est jusque-là question, à proprement parler, que des points cardinaux; or, quelque intime que soit leur connexité avec les vents qui soufflent de ces quatre points, je ne saurais cependant oublier que c'est expressément de la *Rose des Vents* que j'ai annoncé devoir spécialement m'occuper ici. Mais, en définitive, ainsi me trouvé-je avoir fait, par la force même des choses: les textes bibliques ne distinguent pas entre les vents et les quatre coins de l'horizon d'où ils sont partis, à tel point que chaque vent est dénommé d'après son lieu d'origine, et que par contre c'est le mot vent qui sert à désigner appellativement, dans l'ensemble comme dans le détail, les quatre coins de l'horizon auxquels ils appartiennent. Un verset des Paralipomènes (I, ix, 24) renferme lui seul, à cet égard, un exemple justificatif des plus complets.

Il n'en était pas de même chez les Grecs: les points cardinaux avaient leur nomenclature spéciale, les vents avaient la leur, distincte et séparée. Si nous les inscrivons toutes les deux côte à côte, nous aurons

d'une part:

Anatolé (ἡ Ἀνατολὴ - le Levant),
Mesembria (ἡ Μεσημβρία - le Midi),
Dusis (ἡ Δύσις - le Couchant),
Arctos (ἡ Ἄρκτος - l'Ourse ou Septentrion):

d'autre part:

Euros (Εὖρος - le vent d'Est),
Notos (Νότος - le vent de Sud),
Zéphyros (Ζέφυρος - le vent d'Ouest),
Boréas (Βορέας - le vent de Nord).

Cependant, je dois me hâter de le dire, je n'oserais prétendre que ces deux listes parallèles soient contemporaines, et la première ne remonte peut-être pas aussi haut que la seconde, consacrée déjà par les poésies d'Homère, ne fût-ce qu'en deux vers (295-6) du cinquième chant de l'Odyssée, où il montre rassemblés à la voix de Neptune ces éléments opposés des tempêtes:

> « À la fois se précipitent Euros, et Notos, et l'impétueux Zéphyr
> « Et Borée chargé de frimas, roulant de gros orages. »

Il suffit certainement de ces deux vers pour me dispenser de toute autre citation d'Homère dans le but de constater chez lui, c'est-à-dire aux plus anciens de la littérature grecque, la connaissance bien établie de la Rose de quatre vents.

Mais on a voulu aller plus loin, et je me vois contraint d'appeler derechef Gossellin à comparaître devant nous, pour subir une interpellation nouvelle, à propos de la *Rose de huit vents employée par Homère*.

Il serait fastidieux de reprendre en détail toutes les assertions arbitraires dont l'érudition tranchante du doctoral académicien a composé ce chapitre, gourmant à droite et à gauche Eratosthène, et Possidonius, et Strabon, et Casaubon avec eux, dont les opinions ne s'accomodaient point à sa décision magistrale, ornementée d'une nomenclature de son crû. En somme, Gossellin a forgé, en addition à la Rose de quatre vents qui appartient légitimement à Homère, quatre autres vents intermédiaires, qu'il intercale à 45° des points cardinaux, attribuant à chacun de ces enfants de sa fantaisie un nom double, formé de la réunion de ceux de ses voisins supposés, comme Boréas-Zephyros et Boréas-Euros, Noto-Apéliotès et Argestès-Notos. La symétrie onomastique cloche un peu pour ces deux derniers; on peut s'expliquer cette anomalie quant à l'Argestès-Notos, qu'il a cru, avec d'autres, se rencontrer dans Homère; mais l'introduction du nom d'Apéliotès me semble un anachronisme sans motif.

C'est par induction seulement que Gossellin suppose l'existence, au temps d'Homère, de cette Rose de huit vents, dont il reconnaît bien que le Poète n'aurait nommé que « deux des vents secondaires, l'Argestès-Notos, que Pos-« sidonius (dans Strabon) disait être le Leuco-Notos de la Rose (de douze « vents) des Grecs d'Alexandrie, et le violent Zéphyr, ou le Zéphyr qui dé-« clinait vers le nord, Zéphyros-Boréas, que Possidonius rapportait à l'Ar-« gestès de la même Rose, c'est-à-dire au couchant d'été. »

Je ne veux point aborder prématurément, à ce propos, des questions qui se rattachent à la Rose de douze vents, à laquelle se réfère Possidonius: il me suffit ici de faire remarquer, après Strabon, que *argestès* (blanchâtre) n'est qu'une épithète appliquée à Notos, comme celle de *dysaès* (impétueux) est appliquée à Zéphyros. Quant à l'explication d'un vers de l'Iliade (IX, 5) dans lequel Borée et Zéphyr sont associés pour former une image où leur conflit soudain sur la mer de Thrace soulève et tourmente les flots comme l'étaient alors les esprits dans l'armée des Grecs devant Troie, la situation relative de la Chalcidique et de la côte contigüe à l'est jusqu'à l'Hellespont, montre assez comment les deux vents en lutte dans ces parages devaient souffler l'un et l'autre, qui de l'ouest, qui du nord, des côtes mêmes de la Thrace.

En résumé, Homère compte quatre vents, et les désigne un à un par leur nom propre: on ne saurait donc sous aucun prétexte s'ingénier à en réduire historiquement le nombre: que cette réduction ait été l'objet d'un système proposé par quelques théoriciens ultérieurs, Strabon l'a rappelé après Possidonius comme une singularité que les maitres n'avaient point autorisée. Il ne faut pas non plus, à l'inverse, tenter à la légère de grossir la Rose de quatre vents à laquelle s'est tenu le Poète: ceci était un fait généralement reconnu en Grèce au temps où Favorinus d'Arles, le Savant Gaulois hellénis-te, faisait à Athènes, précisément sur la Rose des vents, une conférence qu'a recueillie et nous a conservée son jeune commensal Aulu-Gelle: parlant de ceux qui au lieu de huit vents persistaient à n'en vouloir admettre que quatre: « Id facere se dicunt (remarquait-il) Homero autore, qui solos qua-« tuor ventos noverat: Eurum, Austrum, Aquilonem, Favonium, a quatuor

« cœli partibus, etc. » Nous avons un témoignage plus considérable encore à cet égard dans Homère lui-même, qui justement dans ce passage de l'Odyssée où il a raconté en deux vers le concours simultané des quatre vents Euros et Notos et Zéphyr et Borée, dont il rassemble ainsi les noms dans la peinture d'un effort commun, nous déclare que l'objet de cet effort commun, c'est la tempête générale de *tous* les vents: ($\pi\acute{\alpha}\sigma\alpha\varsigma\ \delta'\ \mathring{\alpha}\epsilon\lambda\lambda\alpha\varsigma\ \pi\alpha\nu\tauo\acute{\iota}\omega\nu\ \mathring{\alpha}\nu\epsilon\mu\omega\nu$).

Après avoir poursuivi l'examen de la question spéciale des vents à l'époque homérique, jusqu'à une solution qui me parait mériter quelque confiance, je reviens à la partie de cette étude, restée en suspens, qui a pour objet le thème, non moins important, des points cardinaux, ou, pour me servir de leur appellation propre, des régions ($\varkappa\lambda\acute{\iota}\mu\alpha\tau\alpha$) ou des parages (*plagae*) du monde. J'ai donné la nomenclature technique la plus vulgaire de ces quatre points de l'horizon, tirée des apparences célestes, mais sans me hasarder à déterminer la date où cette nomenclature précise est dévenue usuelle: je me contente de remarquer au passage qu'elle est déjà employée, avec quelques variantes, dans Hippocrate, en son traité des Airs, des Eaux, et des Lieux. Aux temps poétiques, c'est la poésie qui avait le privilége d'accommoder à ses élégances plus ou moins recherchées, les dénominations qu'elle consacrait ainsi désormais.

Comme pour les vents, Homère a rassemblé en un seul passage, au Xe chant de l'Odyssée, l'indication complète des régions du monde qu'il a voulu désigner: ce sont trois vers (190 1-2) dont le sens littéral ne laisse place à aucun doute de la part de personne, mais dont l'application directe aux parages que le poëte a entendu spécifier, présente de grandes difficultés, et par suite des incertitudes au milieu desquelles la critique, soit ancienne soit moderne, est restée fort indécise et partagée.

Ulysse, naufragé sur une terre inconnue (l'ile de Circé), appelle les compagnons qui lui restent à délibérer sur le parti à prendre dans leur détresse, et leur rappelle d'abord l'ignorance absolue où ils sont de leur position géographique:

« Nous ne savons, leur dit-il, ni où est le côté de l'obscurité ($\zeta\acute{o}\varphi o\varsigma$),
« ni où est le côté de la lumée ($\mathring{\eta}\acute{\omega}\varsigma$), ni où le soleil, flambeau des mortels
« va sous terre ($\epsilon\mathring{\iota}\varsigma'\ \mathring{\upsilon}\pi\grave{o}\ \gamma\bar{\alpha}\iota\alpha\nu$), ni où il s'éléve dans le ciel ($\mathring{\alpha}\nu\nu\bar{\epsilon}\iota\tau\alpha\iota$). »

Je hasarde cette traduction servilement littérale, dans le but de conserver à ce passage le caractère d'indécision qui a permis, dès qu'il s'est agi d'en préciser le sens, de lui donner des interprétations notablement divergentes.

La phrase est matériellement partagée en quatre membres distincts, qui se font opposition deux à deux: d'une part *l'obscurité* en contraste avec *la lumière;* d'autre part *le soleil hypogée* en contraste avec *le soleil ascendant.* Ces contrastes déterminent, pour chaque couple, la situation respective des termes opposés, aux deux bouts d'un même diamètre appuyé à la circonférence de l'horizon: jusque là nulle difficulté. Mais quelle direction effective appartient à ces diamètres? là est le problème devant lequel se divisent les interprètes, qui s'autorisent de la valeur trop élastique des expressions choisies par le Poëte, pour en déduire les combinaisons les plus diverses.

Tantôt les deux couples, considérés comme mutuellement identiques de valeur sous de simples variantes d'énonciation, se superposent l'un à l'autre en parfaite coïncidence sur un diamètre désormais commun; et le double contraste se résolvant ainsi en un seul, ne signale plus que l'opposition unique de deux grandes régions, l'une de l'obscurité, l'autre de la lumière, se partageant exclusivement le monde, soit qu'on les suppose étendues respectivement au nord et au midi, soit qu'on leur attribue de préférence l'ouest et l'est. Mais tantôt aussi les deux couples, reconnus mutuellement distincts, se résolvent en deux diamètres croisés à angles droits, et signalent bien les quatre points cardinaux, sauf à prêter tour à tour à chaque couple la direction incertainement dévolue à l'autre dans ces hypothèses alternatives.

Strabon en son livre X (chap. II, § 12), hésite un instant en faveur d'une explication qui admettrait, dans l'allocution d'Ulysse à ses compagnons, la mention distincte des quatre régions du monde. Son motif à cet égard, pour être bien compris, a besoin du rappel préalable de cette assertion, qu'il vient d'appuyer d'exemples, savoir, que la locution $\pi\rho\grave{o}\varsigma$ $\mathring{\eta}\tilde{\omega}$ $\tau'\mathring{\eta}\acute{\epsilon}\lambda\iota\omicron\nu$ $\tau\epsilon$ (vers la lumière et le soleil) est dans Homère la désignation expresse de la région du midi. Maintenant $\mathring{\eta}\acute{\omega}\varsigma$ n'a plus cet accompagnement de $\mathring{\eta}\acute{\epsilon}\lambda\iota\omicron\varsigma$; et voilà pourquoi Strabon dit qu'on pourrait reconnaître ici avec quelque raison une mention des quatre régions du monde, en admettant que $\mathring{\eta}\acute{\omega}\varsigma$ tout seul désignât le côté du midi: en ce cas, on le voit, nous avons Zophos pour le nord, Eos pour le midi, le soleil hypogée pour l'ouest, le soleil ascendant pour l'est. Mais Strabon se ravise et trouve qu'il vaut mieux ne voir dans l'ensemble que la simple opposition des deux côtés du midi et du nord; d'où il suit qu'il accepte en définitive avec leur valeur réelle le soleil hypogée pour la nuit, et le soleil ascendant pour sa culmination méridienne.

Le célèbre critique et poète allemand, traducteur d'Homère et d'Hésiode, Jean-Henri Voss, qui a traité ex-professo, au commencement de ce siècle, du Monde des Anciens, et qui en a dressé magistralement la carte pour l'un et pour l'autre des deux poètes antiques, s'est conformé à l'hypothèse de Strabon; et son dessin, copié de bonne heure chez nous par Malte-Brun, se perpétue dans les atlas où une place est accordée à la Géographie homérique.

Cependant, une autre école de critiques allemands, à la tête desquels marchait Ukert, et dont Völcker fut un des principaux coryphées, vint établir contradictoirement la thèse que le partage du Monde en deux hémicycles se devait entendre, non point du Nord et du Midi, mais de l'Ouest et de l'Est; et si l'on en croyait Forbiger, qui dans son Manuel de Géographie ancienne a inséré la Mappemonde Homérique de Voss ainsi rectifiée, tous les scrutateurs modernes seraient unanimement ralliés à cette doctrine nouvelle.

Si j'osais risquer un humble rappel de mon opinion personnelle, obscurément enfoncée dans une note que j'écrivais il y a une trentaine d'années au début d'un travail sur l'Afrique ancienne, je vous montrerais, à la suite des trois vers de l'Odyssée, ma conclusion sur leur portée:

« Nous ne doutons pas », disais-je sans plus discourir, que la véritable traduction ne soit celle-ci: « O mes amis, nous ne savons plus où sont ni « l'obscurité *(l'Occident)*, ni l'aurore *(l'Orient)*, ni le côté où le soleil lumi- « neux fait sa route au-dessous de la Terre *(le Nord)*, ni le point où il cul- « mine au-dessus d'elle *(le Midi)*. » Comme Strabon dans ses premières tendances, je crois à la désignation intentionnelle des quatre points cardinaux;

comme Ukert et son école, je crois qu'Homère a mis au couchant les ténèbres et la nuit, au levant l'Aurore et le Soleil.

Parmi les citations d'Homère alléguées dans cette controverse, souffrez que je relève deux vers empruntés au XIIe chant de l'Iliade, à l'endroit où Hector dit n'avoir point souci des augures tirés du vol des oiseaux,

> • Soit qu'ils aillent à droite vers la lumière et le Soleil,
> • Soit à gauche, vraiment, vers la sombre obscurité. •

D'après les idées de Strabon, où, comme le *Tzafoun* biblique, le Zophos d'Homère occupait le Nord du Monde, la gauche du Poète se trouvait, par une conséquence forcée, correspondre pareillement au Nord, comme le *Schmôl* de la Genèse et des Arabes de nos jours, pendant que sa droite répondait au midi, comme le *Yemyn* du Psalmiste.

Cette doctrine de Strabon, en harmonie, comme on le voit, avec celle des Orientaux, s'accordait également avec celle des Romains, qui disposaient de même les régions du Monde à l'égard de l'observateur, en faisant face à l'Orient ainsi que le constataient ses contemporains Denys d'Halicarnasse et Tite-Live; bien que Varron, suivant que le remarque Festus, prenant son point de vue au séjour même des Dieux, et regardant au midi, eût semblé montrer les choses autrement, et adjuger à la gauche l'Orient, à la droite l'Occident.

Je ne m'arrête point à Varron, dont je ne chercherai pas à expliquer ici l'anomalie, sans négliger cependant d'en tenir note. Mais il m'importe de signaler la conformité de Strabon avec les idées en vigueur à Rome de son temps en matière d'Orientation augurale, afin de les mettre en balance avec le sens que la critique moderne proclame le seul véritable dans l'interprétation d'Homère à l'endroit de la situation relative des régions du Monde. Les Romains, aussi bien que les orientaux, se tournaient vers le Soleil levant: les Grecs, qui dans la marche de la civilisation étaient fils de ceux-ci et pères de ceux-là, ne sembleraient-ils pas avoir dû recevoir des uns et transmettre aux autres cette même doctrine? — Non en réalité: des témoignages exprès, cités par Plutarque en son traité des *Opinions des Philosophes*, et répétés dans les *Eglogues physiques* de Jean de Stobes, affirment au nom de Pythagore, de Platon, d'Aristote, que la droite du Monde est à l'Orient, d'où le mouvement procède, et sa gauche à l'Occident; Achillès Tatius assure explicitement à deux reprises que c'est ainsi que l'a entendu Homère dans les deux vers que j'ai relevés. Aristote a lui-même développé cette doctrine pythagoricienne dans son traité du Ciel. Empédocle, il est vrai, qui n'était pythagoricien qu'à demi, plaçait la droite au nord du tropique estival, la gauche au sud du tropique hiémal, juste en contre-pied des doctrines de Strabon, des Orientaux et des Romains; mais Empédocle était un chef d'école, une exception isolée dans l'ensemble. Un témoignage notable, parvenu jusqu'à nous, de l'application du principe d'orientation généralement admis par les Grecs, c'est le recueil des Cartes de Ptolémée, qui toutes présentent le Nord en face du spectateur, et par conséquent l'Orient à sa droite et l'Occident à sa gauche: témoin tardif des habitudes antiques.

Quand son tour fut venu, le Moyen Âge, sous la double influence des habitudes romaines et des traditions bibliques, plaça tout au haut de ses Mappemondes, en face du spectateur, l'extrême Orient avec le Paradis terrestre, faisant dévaler sur la gauche l'Europe et les contrées septentrionales, sur la droite l'Afrique et les contrées méridionales. Les marins, obéissant à d'autres convenances, adoptèrent dans le dessin de leurs portulans l'orientation inverse de celle des Grecs, précisément celle qu'avait mentionnée Varron, et placèrent ainsi le sud au haut de leurs cartes, et le nord en bas, avec l'Orient à gauche et l'Occident à droite. Puis la renaissance Ptoléméenne ramena les projections graduées et l'orientation grecque, qui dominent aujourd'hui sans partage.

Pardonnez-moi cette digression, qui trouvera son excuse dans son intime connexité à la Rose de quatre Vents, avec laquelle se confond si souvent tout à fait la disposition des quatre points cardinaux : si bien que ce ne sont en quelque sorte, des deux parts, que des variétés de synonymies.

Il s'en trouve un nouvel exemple dans ce que Hippocrate, au cinquième siècle avant notre ère, écrivait, à propos du climat, dans son beau traité *Des airs, des eaux et des lieux*; traité dont Coray a donné chez nous en 1800 une édition enrichie d'un discours préliminaire où les Vents tiennent une grande place; il y a joint un tableau comparatif des diverses Roses, auquel Gossellin a beaucoup emprunté et que Ukert ne s'est pas fait scrupule de s'approprier complètement. C'est bien aux Vents et à leurs influences que s'appliquent les remarques du savant médecin de Cos, mais c'est par les régions d'où ils soufflent plutôt que par leurs noms propres qu'il les désigne quand il passe en revue les conditions hygiéniques de chacune des quatre expositions principales des lieux habités. Les noms du Notos et des Boréas s'y rencontrent peut-être, mais exceptionnellement, en synonymie des vents chauds et des vents froids ou vents arctiques. A angles droits avec ces deux expositions du Sud et du Nord viennent celles de l'Orient ($\grave{\alpha}\nu\alpha\tau o\lambda\acute{\eta}$, $\H{\epsilon}\omega\varsigma$) et de l'Occident ($\delta\upsilon\sigma\mu\acute{\eta}$, $\delta\upsilon\sigma\iota\varsigma$); et les limites mutuelles des vents respectifs sont marquées à l'horizon par les points Solstitiaux, dont la nomenclature se réfère à la déclinaison tantôt estivale, tantôt hiémale des couchers et des levers du soleil.

Je n'oserais dire que déjà la Rose primitive de quatre vents se fût accrue par une augmentation progressive du nombre des aires ou secteurs compris dans la répartition de l'horizon; mais elle semble du moins n'être pas restée immuable dans la simplicité Homérique, et des distinctions formelles, déjà admises, devaient faire présager pour un avenir plus ou moins prochain une modification prononcée à la naïve distribution quadripartite qui ne suffisait plus. Chez Hippocrate les levers et les couchers du soleil ne constituent encore que deux divisions respectivement opposées, ayant chacune ses limites aux points solstitiaux, au-delà desquels s'étendaient respectivement les deux autres divisions du Nord et du Sud.

Mais les points équinoxiaux de l'est et de l'ouest, innommées dans Hippocrate, ne pouvaient cependant rester en oubli, et chacun d'eux conservant sa prépondérance normale entre les deux limites collatérales assignées à ses variations par la mesure même des déclinaisons solaires, il en découlait de chaque part une triplication de l'unique direction primitive; et l'usage dut introduire bientôt, pour chaque direction particulière, un nom propre.

C'est ainsi qu'à l'orient, le nom d'Euros, commun à tout le groupe se particularisa pour désigner plus spécialement le levant d'hiver, tandis que le nom d'Apéliotes semblait émaner plus directement du soleil des équinoxes, et que son collatéral d'été recevait l'appellation de Kaikias. A l'opposite, la dénomination de Zéphyros, désignant l'ensemble du groupe, restait aussi, comme désignation spéciale, au coucher équinoxial, dont le collatéral d'hiver tirait de la Libye son nom propre de Libs, pendant que le collatéral d'été s'appropriait désormais l'appellation d'Argestès, jadis simple épithète poétique et sans fixité dans les chants d'Homère et d'Hésiode.

A cette époque de transition de la Rose de quatre vents à une autre plus compliquée, semble devoir trouver chronologiquement sa place la théorie rappelée par Possidonius et Strabon, d'une réduction de l'ensemble des vents à deux principaux, et les autres secondaires ; théorie dont j'ai déjà eu lieu de m'occuper plus haut pour montrer qu'elle n'impliquait nullement, tant s'en faut, l'existence d'une prétendue Rose primitive de deux vents, telle que se la créait l'imagination de Gosselin. Il m'a suffi alors de transcrire le passage de Strabon auquel il se référait, d'après la version de La Porte du Theil, dont il s'était servi. Maintenant je veux examiner de plus près le texte de l'auteur grec, pour en vérifier la signification exacte et la portée tant au fond qu'en la forme. Or, voici ma propre version, appuyée à la fois sur l'interprétation littérale du texte même, et sur les témoignages externes qui peuvent en assurer l'intelligence complète. L'importance de tout le passage est concentrée dans cette seule phrase :

« Il y a des auteurs qui disent que les vents fondamentaux sont au nom-
« bre de deux, tandis que les autres varient en subissant un petit écart (sa-
« voir) : à l'égard des levants d'été, Euros ; d'hiver, Apéliotes ; des couchants
« d'été, Zéphyros ; d'hiver, Argestès. »

Remarquons tout d'abord qu'il n'est question, dans ce passage, que des deux vents polaires et des quatre vents solstitiaux, comme chez Hippocrate, en sorte que tel est bien l'état des notions acquises auquel se rapporte la simplification que l'on affirme être appuyée du nom de Thrasyalcès, comme, ainsi que nous l'avons annoté, pour avoir suivi Thalès et précédé Aristote.

La distinction intentionnellement tracée entre les vents polaires d'une part, et les vents solstitiaux de l'autre, implique une opposition trop incomplètement exprimée peut-être par l'épithète de *fondamentaux* ($\varkappa\upsilon\rho\iota\omega\tau\acute{\alpha}\tau\circ\upsilon\varsigma$) à l'égard des premiers, à moins d'y attacher une signification directement contraire à l'idée de variabilité attachée caractéristiquement aux autres.

Favorinus d'Arles, dans Aulu-Gelle, expose une distribution des vents d'après un système plus avancé que celui d'Hippocrate et de Thrasyalcès, mais en retard sur celui d'Aristote ; il peut donc en être plausiblement rapproché pour servir à leur éclaircissement ; et vous ne vous étonnerez point que j'y veuille relever, dans sa plus nette expression, précisément l'antithèse que je cherche à faire ressortir dans le texte de Strabon, où elle n'a point, à mon sens, été encore suffisamment aperçue : « Exortus et occasus » dit le savant Gaulois dès le début, « mobilia et varia sunt, meridies septentriones-
« que statu perpetuo stant et manent » ; et il le répète avec plus de développement en faisant le compte détaillé des vents inégalement répartis entre les quatre régions du ciel.

Strabon a reproduit la critique de Possidonius sur le système plus ou moins imparfaitement rapporté comme appuyé sur l'autorité de Thrasyalcès; cette critique ne procède point par voie de discussion et d'éclaircissement, mais par voie de rejet, et de référence à la Rose ultérieure de douze vents: nous en approchons, mais nous n'y sommes point encore.

Je n'ose donner ce nom de Rose, figure essentiellement régulière et parr faitement symétrique, aux répartitions irrégulières des vents sur le contou de l'horizon. Peut-être, à la rigueur, les six points désignés dans Hippocrate pourraient-ils être disposés en hexagone régulier; mais il n'en résulterait pas davantage une répartition égale des vents, puisqu'une part double est attribuée à chacun des deux vents fondamentaux.

Le diagramme que l'on esquisserait d'après l'exposé de Favorinus montrerait les vents polaires chacun dans sa prépondérante unité, tandis qu'à l'est et à l'ouest les levers et les couchers s'éparpilleraient par trois dans l'intervalle des tropiques. On compterait ainsi un total de huit vents; mais ce ne serait point la Rose de huit aires égales, laquelle fut plus tardive à apparaitre, ainsi que l'a remarqué Pline.

La Rose de douze vents ne se compléta qu'au temps d'Aristote, et l'on peut saisir dans les propres œuvres du Stagyrite la trace des derniers pas effectués sur cette voie. Dans le chapitre de ses *Météorologiques* (II, vi) où il a décrit lui-même une figure, aisée à suppléer en cas de lacune (Gœthling l'a donnée avec son Hésiode), explicative de l'emplacement relatif des vents et de l'application de leur nomenclature, il laisse voir des portions inachévées, où des retouches se sont peut-être déjà essayées, mais dont le complément ne se produit que dans d'autres traités, tel que le fragment spécial *Sur l'emplacement et la nomenclature des vents*, reste du livre perdu *Des Signes*, et tel surtout que le livre *Du Monde*; mais ces traités ne sont pas admis sans réserves parmi les œuvres légitimes d'Aristote, et peut-être les faut-il point considérer comme tout à fait contemporains; mais les résultats qu'ils constatent doivent avoir suivi de fort près ceux qui nous sont offerts par les *Météorologiques*.

Un fait capital, c'est que le diagramme construit par Aristote est une véritable Rose de douze secteurs égaux, formés par l'intersection de six diamètres sur le plan de l'horizon. Trois de ces diamètres reunissent par couples respectifs les trois levers et les trois couchers de l'équinoxe et des solstices; un autre lie ensemble le nord et le sud. Jusque là, rien qui ne se rapporte à un état de choses très-voisin de l'époque d'Hippocrate et de Thrasyalcès, et auquel Favorinus, à six siècles d'intervalle, croyait devoir s'arrêter, comme d'autres préféraient remonter jusqu'à Homère. Mais il y avait deux diamètres en sus, destinés à parfaire la Rose dodécagone d'Aristote; seulement il déclare d'abord qu'une seule de leurs extrémités, celle qui avoisine le nord, est le siège d'un vent spécial, ici le *Thrascias*, là le *Mésès*, tous deux collatéraux de Borée, d'une part vers Kaikias de l'autre vers Argestès; mais ni Thrascias ni Mésès n'ont à leur opposite un vent qui leur corresponde diamétralement, à droite et à gauche du Notos: telle est du moins la déclaration première d'Aristote; mais bientôt il devient moins absolu, et il inscrit le nom de Phœnicias à l'opposite de Thrascias. Onze vents ont en définitive pris place sur son diagramme, où il est resté une place vacante pour asseoir le douzième nom dès qu'il apparaitra.

Dans ces conditions, le complément de la Rose tient à si peu de chose, qu'il y aurait peut-être excès de scrupule à refuser d'attacher à celle-ci le nom du Stagyrite, en prenant au livre *Du Monde*, ou ou fragment *Sur l'emplacement et la nomenclature des vents*, l'indication finale qu'ils offrent l'un et l'autre sous le nom même d'Aristote.

Une récapitulation synthétique groupe en quatre triades l'ensemble de cette Rose, formée ainsi des quatre points cardinaux à chacun desquels viennent s'adjoindre deux collatéraux; chaque groupe ou triade ayant pour appellation commune, au pluriel, le nom le plus connu des trois, à l'est les Eures, au nord les Borées, au couchant les Zéphyrs, au sud les Notos.

Triade boreale (Βορέας):
 Thrascias,
 Aparctias (d'abord Boréas),
 Boréas (d'abord Mésès).
Triade orientale (Εὖροι):
 Cæcias,
 Apéliotes,
 Euros.
Triade australe (Νότοι):
 Euronotos, Orthronotos, Phænicias,
 Notos,
 Leuconotos, Libonotos.
Triade occidentale (Ζέφυροι):
 Libs,
 Zéphyros,
 Argestes, Olympias, Japyx.

Bien que cette Rose ainsi complétée remonte assurément jusqu'à Aristote, et se retrouve dans les écrits de ses disciples immédiats, ce n'est guère cependant que sous le nom de Timosthènes, plus jeune de trois quarts de siècle, qu'elle est le plus souvent rapportée, sans doute parce que Timosthènes, amiral du second des Ptolémées (le Philadelphe), en avait fait grand usage dans le célèbre Portulan qu'il avait composé en dix livres: nous avons vu, dans Strabon, que Possidonius réunissait dans une même citation, comme les anciens maitres, de la science en ces matières, Aristote, Timosthènes, et Bion d'Abdère, l'astronome.

Plus jeune que Possidonius de plusieurs siècles, Agathémère se référait encore à Timosthènes. Le chapitre assez bref dont il lui consacre la plus grande moitié, offre un texte médiocrement correct; Luc Holstein et Guillaume Hoffmann avaient signalé dans Jean Damascène un texte parallèle propre à faciliter une restitution: Charles Müller l'a mis à profit pour remplir quelques lacunes; mais sans toucher, non plus que Hoffmann, à certaines phrases où leurs prédécesseurs avaient cru rencontrer des redondances, il semble n'avoir point aperçu l'explication naturelle qui se trouve dans un simple redressement de ponctuation, auquel devrait se conformer une version plus rigoureusement fidèle: Agathémère a successivement décrit, dans ce chapitre des vents, les trois Roses de quatre, de huit, et de douze rhumbs; les éditeurs ont oublié de distinguer les deux premières: or, il suffit pour restituer aussi très-convenablement cette partie du texte d'Agathémère, de marquer un repos après la première liste de Ἀπηλιώτης, Ζέφυρος, Νότος, et Ἀπαρκτιας, en insérant là, si l'on veut, cette apostille sous entendue [εἰσι δη τέσσαρες] analogue au Γίνονται οὖν ὀκτώ qui fait ressortir le repos suivant, à partir duquel la Rose de douze vents de Timosthènes, retenant pour elle ce groupe des huit précédents, se complète aussitôt par l'intercalation des collatéraux du nord et du sud.

A la suite, vient une revue circulaire des nations dont Timosthènes désignait le cantonnement à la limite d'où venait chacun de ces vents, de manière à établir la correlation que voici, sur le limbe de l'horizon de Rhodes:

Apeliotes   : Les Bactriens;
Euros   : Les Indiens;
Phœnix   : La mer Erythrée et l'Ethiopie;
Notos   : L'Ethiopie au-dessus de l'Egypte;
Leuconotos: Les Garamantes au-dessus des Syrtes;
Libs   : Les Éthiopiens occidentaux au dessus des Maures;
Zéphyros : Les colonnes d'Hercule, aux confins d'Afrique et d'Europe;
Argestes   : L'Ibérie en Espagne;   .
Thrascias : Les Celtes;
Aparctias : Les Scythes au-dessus de la Thrace;
Boréas   : Le Pont, la Méotide, les Sarmates;
Caecias   : La mer Caspienne et les Saces.

Ainsi Timosthènes aurait déjà, au milieu du IIIe siècle avant notre ère, donné un premier exemple d'une esquisse d'ensemble de la Mappemonde en projection horizontale sur la Rose des vents (ou sur le cadran des heures qui en est une simple variante) de même qu'au Moyen-âge on eut la pallidino gothique d'Idiota de Ravenne, et plus rapproché de nous le planisphère niellé du musée Borgia, qui se relie étroitement, dans ma pensée, au nom de Schiltperger, le voyageur bavarois en Tartarie.

Il me faut, sans aller plus loin, fermer bien vite cette parenthèse, où je me laisse entraîner à consigner au passage, en me bornant à les signaler par un seul mot, tel souvenir, telle réflexion que je n'aurai peut-être plus désormais le temps de développer davantage.

Sénèque, en ses *Questions naturelles* (V. xvi), prenant pour point de départ de son exposé les quatre régions du Monde, montre comment, de leur subdivision tripartite s'est formée la Rose de douze vents, où chacun des quatre principaux reçoit l'adjonction de deux collatéraux, ainsi que les dispose le docte Varron, en leur appliquant leurs noms romains, sauf quelques exceptions eu égard à ceux qui n'ont pas de dénominations latines.

La conférence de Favorinus conservée par Aulu-Gelle explique de même le passage de la Rose de quatre vents à celle de douze, par la substitution, aux quatre vents primitifs, d'autant de triades; seulement elle marque explicitement un temps d'arrêt entre la constitution des deux premières triades, savoir, celles des levers et des couchers, et la formation des deux autres par l'adjonction des collatéraux du nord et du sud.

Pline avait ajouté à ces mêmes notions celle de l'ordre relatif dans lequel s'étaient succédé les trois Roses principales, de quatre, de douze, et de huit vents, en usage dans l'antiquité classique: « Les anciens », dit-il, « ne com« ptèrent en tout que quatre vents, autant que de points cardinaux: et Ho-

« mère n'en nomme pas davantage; calcul par trop simple, ainsi qu'on ne
« tarda pas à le reconnaître. L'âge suivant en ajouta huit, ce qui faisait un
« compte trop minutieux et trop fractionné. Alors on préféra un terme moyen
« entre l'un et l'autre, et l'on ajouta à la division trop courte quatre vents
« empruntés à la plus nombreuse ». C'est à dire que la Rose de douze vents
était directement née de celle de quatre vents; et que celle de huit vents
fut le produit d'une réforme de celle de douze.

Celle-ci, nous l'avons vu, datait du temps d'Aristote. La Rose de huit
vents ne remonte guère pour nous qu'au deuxième siècle avant notre ère,
époque à laquelle parait se rapporter la construction de la tour octogone
consacrée aux vents par l'architecte phocéen Andronic de Cyrrha; monument
dont les restes subsistent encore à Athènes, et qui se trouve mentionné fu-
gitivement par Varron, et avec plus de détail par Vitruve.

Les levers et les couchers solstitiaux avaient dû, dans l'origine, ne s'é-
carter de la moyenne équinoxiale que d'une quantité égale à la déclinaison
apparente, ou peu s'en fallait; et l'intervalle des points solstitiaux aux pôles
avait alors une ampleur relative qui appelait les compléments symétriques
que nous avons vu s'y encadrer graduellement et y contracter, par un ba-
lancement mutuel de tout l'ensemble, un module uniforme de trente degrés.
Mais quand le désir de simplification fit substituer aux doubles vents collatéraux les quatre vents solstitiaux désormais seuls intermédiaires des quatre
vents cardinaux, la symétrie modifia la disproportion originelle des intervalles maintenue encore expressément dans le diagramme de Favorinus, et
les aires devinrent égales pour tous et chacun des huit vents, ainsi que le
montra la tour octogone d'Andronic Cyrrhestes, la Rose dessinée de Vitruve,
et toutes celles qui se sont traditionnellement perpétuées depuis lors.

Je vais transcrire comparativement sur des colonnes parallèles les noms
grecs de la tour octogone d'Andronic, et les noms latins de Vitruve, et la
double nomenclature latine et grecque de Pline:

ANDRONIC	VITRUVE	PLINE	
Boréas	Septentrio	Septentrio	Aparctias
Kaikias	Aquilo	Aquilo	Boreas
Apeliotes	Solanus	Subsolanus	Apeliotes
Euros	Eurus	Vulturnus	Eurus
Notos	Auster	Auster	Notus
Libs	Africus	Africus	Libs
Zéphyros	Favonius	Favonius	Zéphyrus
Skiroon	Corus	Corus	Argestes

Quelques dissidences se produisent entre ces listes; mais elles se réduis-
sent en définitive à un seul déplacement de nom, celui de Boréas, qui avait
graduellement cheminé du nord direct Homérique au nord collatéral vers
l'est, dans la Rose de douze vents de Timosthènes, et même jusqu'au lever
estival dans le diagramme incomplet de Favorinus, et qui avait été remplacé
dans son foyer primitif par le nom caractéristique d'Aparctias. Des chevau-
chements analogues avaient dès longtemps déplacé Euros du levant équinoxial au levant hiémal, et d'autres variations plus ou moins plausibles on

regrettables, dues à l'hésitation ou à la négligence, à l'erreur matérielle ou à la méprise, pourraient aisément être relevées, sans parler des synonymies multiples qui résultaient des noms divers donnés, suivant les lieux, à un même vent.

En recommandant la Rose d'Andronic comme la mieux calculée **pour les** besoins pratiques, Vitruve n'en reconnaît par moins que l'aire de chacun des huit vents offre, à l'orizon une assez vaste étendue pour que chacun de ces vents puisse varier dans son propre domaine de manière à laisser distinguer des collatéraux formant avec lui autant de triades; ce qui produit, pour la satisfaction des amateurs d'une précision plus grande, la Rose de vingt-quatre vents, dont il déroule la liste suivante, qui procède du sud à l'ouest et continue circulairement par le nord et l'est :

Altanus	Etesiae	Thrascias	Carbas
AUSTER	FAVONIUS	SEPTENTRIO	SOLANUS
Leuconotus	Argestes	Gallicus	Ornithiae
Libonotus	Circius	Supernas	Vulturnus
Africus	*Caurus*	*Aquilo*	*Eurus*
Subvesperus	Corus	Boréas	Eurocircias.

Ne nous arrêtons ici à aucune controverse de détail. On voit que cette subdivision était établie d'après le même procédé de triplication qui avait donné naissance à l'ancienne Rose de douze vents, et qu'elle n'était nullement un dédoublement de celle-ci Elle semblait avoir cet avantage particulier d'offrir un ensemble de vingt-quatre secteurs égaux, pareil à ceux du double cadran circulaire de vingt-quatre heures.

Néanmoins je n'ai pas rencontré d'exemples, de l'emploi qui en a pu être fait dans la pratique ; car je considère comme un simple ornement de fantaisie la guirlande de vingt-quatre noms plus ou moins arbitrairement choisis et enlacés en manière d'encadrement autour d'un planisphère hydrographique rectangle joint en 1522, par Laurent Fries de Colmar au fascicule des cartes additionnelles qui d'édition en édition venaient grossir la Géographie de Ptolémée ; et peut-être serez-vous en droit de me reprocher comme une concession abusive de transcrire ici cette liste pour être comparée à celle de Vitruve, surtout lorsqu'il saute aux yeux d'inexplicables *lapsus*, à transposer par exemple du Levant au Couchant le nom de *Siroccus*, vent d'Orient s'il en fût, qui vient usurper la place où le carthographe distrait avait eu sans doute la bonne intention d'inscrire *Garb*, le correlatif opposé.

Mais cette liste m'a paru se prêter à une remarque de synonymie comparative qui a sa petite parcelle d'intérêt de curiosité. La Rose de vingt-quatre vents de Vitruve, avons-nous vu, s'est formée directement sur celle de huit vents par la triplication du nombre de ceux-ci, ou la trisection de l'aire de chacun d'eux ; il n'en est aucunement ainsi pour la Rose des vingt-quatre vents de Laurent Fries : la plus légère attention suffit à révéler qu'elle est formée au contraire par simple dédoublement onomastique de la Rose de douze vents, c'est à dire en accouplant par paires deux synonymes pour chachun des douze vents, en sorte qu'au lieu de huit triades simples il nous est offert un système de quatre triades formées chacune de trois éléments doubles, comme voici (sauf quelques déplacements mal avisés, dont j'ai indiqué, par une série de chiffres ordinaux, le redressement probable):

Côté septentrional :
- Cirtius - 1
- Trachias - 2
- Tramontana - 3
- Hypertias - 4
- Boreas - 5
- Aquilo - 6

Côté oriental :
- Vulturnus - 7
- Cetias - 8
- Subsolanus - 9
- Levans - 10
- ✶ Eurus - 11

Côté austral :
- Euro auster - 13
- Euronothus - 14
- Auster - 15
- Nothus - 16
- ✶ *Meliorans* - (?) 22
- Libo nothus - 17
- Austro affricus - 18

Côté occidental :
- Libo - 19
- Affricus - 20
- Ponens - 21
- *Sirocus* - 12
- Zephirus - 23
- Favonius - 24

Cette considération spéciale du rôle que jouent les triades dans les procédés de formation des anciennes Roses de Vents, me conduit à une autre digression encore, du même genre, non plus dans le domaine des Roses duodécimales de Timosthène, de Vitruve, ni de Laurent Fries, mais cette fois à propos d'une Rose de seize vents décrite sous un aspect inusité par un poète italien que nul ne connait mieux que vous. J'ai sous les yeux, dans la *Biblioteca rara* de Daelli, le volume si commode où vous avez donné en 1865 une nouvelle édition du recueil de quelques anciens petits poèmes déjà réunis par l'avocat Galletti, à Florence, dans une publication antérieure de quelques années; et là se prête complaisamment à une facile lecture le *Compendio di sfera e macchina del mondo,* en trois livres, du dominicain Giovanmaria Tolosani, da Colle qui les avait dédiés en 1514 à son frère d'habit le docte helléniste Zenobio Acciaioli, le futur préfet de la Vaticane.

Or, au deuxième livre, Tolosani a rimé non moins de six strophes au sujet des Vents: la première afin de se proclamer en ces matières disciple d'Aristote et d'Albert le Grand; la seconde pour déclarer que l'on compte seize vents, dont quatre cardinaux; les deux strophes suivantes signalent les noms grecs et les noms latins de ces quatre vents de premier ordre, avec les propriétés caractéristiques du nord et du sud ; c'est dans les deux autres strophes que se trouvent séparément passés en revue les quatre vents intermédiaires, accompagnés chacun de deux collatéraux, en sorte que ce sont bien là quatre triades s'intercalant dans les espaces respectifs que leur tiennent ouverts les quatre vents cardinaux. Voici, de tout l'ensemble, un relevé exact qui en fait ressortir la symétrie :

APELIOTE, SUBSOLANO, ORIENTE.
> Cecia
> *Greco*
> Borea

SEPTENTRIONE, AQUILONE.
> Circio
> *Maestro*
> Coro

ZEFIRO, FAVONIO, OCCIDENTE.
> Affrico
> *Garbin, Libeccio*
> Libonoto

NOTO, AUSTRO, MEZZOGIORNO.
> Euronoto
> *Scilocco*
> Euro, Volturno.

Peut-être accorde-je trop de place et d'attention à des détails de cet ordre : on impute quelquefois au goût de curiosité érudite, en grande faveur de nos jours dans le monde des lettres et des arts, d'attacher une valeur exagérée à des minuties. Je ne m'en veux point défendre autrement ici qu'en m'abritant sous l'autorité de Senèque et de Varron, qui avaient jugé digne de remarque l'élément trinaire intervenant expressément comme facteur dans la formation de la Rose de douze vents. Mais je ne m'y arrête pas davantage, et me hâte de couper court à une intempestive prolixité.

Retournons donc à Andronic, à Vitruve et à Pline, et à la nouvelle voie qu'ils préconisaient comme préférable dans la pratique. La Rose de huit vents, en concurrence longtemps avec celle de douze, finit par l'emporter ; et sauf quelque cas exceptionnel que j'ai relevé tout à l'heure afin précisément de n'avoir plus à y revenir, ce fut désormais par voie dichotomique qu'elle progressa régulièrement, des huit vents reconnus comme fondamentaux aux seize demi-vents et aux trente-deux quarts de vents, qui constituent la Rose actuelle de nos marins.

Mais avant d'arriver à ce résultat final, il fallait traverser le moyen-âge, et subir les vicissitudes de l'ignorance et de la routine persistant obstinément à répéter, sans beaucoup d'exactitude ni d'intelligence, le type vulgaire recueilli dans la succession de Rome en décadence.

Ce type vulgaire à douze secteurs se maintenait surtout à raison de sa correlation avec le cadran horaire, attendu que l'on comptait exactement douze vents pour les vingt-quatre heures, ainsi que le dit en termes exprès. dans sa *Cosmographiae Expositio* adressée à son cher frère Odon, l'écrivain goth du VIIe siècle communément appelé l'Anonyme de Ravenne, et qui peut-être révélait son véritable nom propre dans l'humble appellation de *Idiota* que sa modestie s'attribuait personnellement. Deux fois, récapitulant les douze heures de jour, puis les douze heures de nuit, suivant lesquelles il a marqué sur l'horizon de Ravenne la direction respective des diverses contrées de la Terre, il déclare chaque fois que dans cette étendue de douze heures soufflent six vents; ce qui désigne bien, pour l'ensemble, les douze vents de la Rose vulgaire, dont il ne donne point les noms.

De même l'arabe Zakariyâ el Qazwyny, au XIIe siècle, dans le traité Cosmographique publié il y a vingt-cinq ans par Wüstenfeld, traçant autour de la Ka'bah de la Mekke une Rose à douze compartiments, dans chacun desquels il inscrit, suivant leurs directions respectives, les noms des diverses contrées du monde musulman, n'y a joint aucun nom de vent; et l'on ne trouve pas davantage de nomenclature arabe des vents dans les Roses où les divisions de l'horizon sont marquées par les levers et les couchers des principales étoiles du ciel depuis l'Ourse jusqu'à Canope, ainsi que mon vieil ami, toujours regretté, le savant orientaliste Reinaud, nous a laissé le moyen de le constater, par la reproduction d'une telle figure dans sa remarquable *Introduction* à la Géographie d'Aboulféda. Nous sommes réduits, quant à ces peuples, aux quatre points cardinaux pour toute nomenclature directe des vents, sauf peut-être quelques rares appellations modernes d'origine franque ou suspecte, sans intérêt historique ou littéraire, et sur lesquelles il serait oiseux de m'arrêter ici.

Les denominations grecques se conservaient presque sans variantes dans les écrivains nationaux, tels que Michel Psellus dans la seconde moitié du XIe siècle, Jean Tzetzès un siècle plus tard, Nicéphore Blemmide un siècle encore après; mais elles se trouvaient quelquefois étrangement défigurées dans les compilations latines qui avaient la prétention d'en garder la synonymie, comme le *Hortus deliciarum* de la célèbre abbesse Herrade de Landsberg, contemporaine de Tzetzès: son magnifique manuscrit a péri dans l'incendie prussien de la bibliothèque de Strasbourg, et je n'en puis parler que sur la foi des Notices de Maurice Engelhardt et d'Alexandre Lenoble: ce dernier a reproduit, en la forme barbare qu'elle leur a donnée, les noms grecs presque méconnaissables; l'autre a relevé les noms latins correctement écrits et accompagnés de gloses qui donnent leur synonymie germanique.

Celle-ci remontait, suivant le récit d'Eginhard, à une création de Charlemagne, au commencement du IXe siècle: les Francs n'avaient jusqu'alors, en leur langue, d'autres vents dénommés que ceux des quatre points cardinaux; il les combina deux à deux de manière à leur faire représenter, sous cette forme composée, les huit vents collatéraux exprimés dans la Rose de douze vents. Un dessin qui se rencontre dans un manuscrit latin du XIVe siècle appartenant à la bibliothèque d'Arras, et qui figure sur la planche XXVIII de l'Atlas du Moyen-âge de Joachim Lelewel, offre à son tour une Rose de douze vents dont la nomenclature est également germanique, de formes plus modernes. Il n'est pas sans intérêt de mettre comparativement en parallèle ces trois échantillons de la Rose franke.

CHARLEMAGNE *VIIIe siècle*	HERRADE DE LANDSBERG *XIe siècle*	PLANISPHÈRE D'ARRAS *XIVe siècle*
Ost nordroni	Oster nort	Est nort est
Ostroni	Oster	Est
Ost sundroni	Oster sunder	Est suest
Sund ostroni	Sunder oster	Su suest
Sundroni	Sunder	Su
Sund westroni	Sunderwester	Su suruest
West sundroni	Wester nort	West sur uest
Westroni	Wester	West
West nordroni	Wester sunder	West noruest
Nortwestroni	Nort wester	Nort noruest
Nordroni	Nort	Nort
Nordostroni	Nort oster	Nort est.

Mais c'est la nomenclature latine qui dominait, souvent défigurée par des variantes inacceptables, nées de transpositions inattentives dans l'emplacement attribué à des dénominations dont le gisement normal n'a jamais été douteux. Il se rencontre, par exemple, dans les éditions imprimées, des dessins intercalés, où la nomenclature des vents, convenablement repartie sur la gravure, se trouve intervertie à l'impression, qui en offre de fait la contre-épreuve; d'autres fois l'intervertion ne sera que partielle entre les collatéraux d'un même vent cardinal, dans une seule ou dans plusieurs des quatre triades de la Rose: la restitution en pareil cas est aisée et parfaitement motivée comme simple rectification d'une erreur matérielle. Dans quelques cas un même nom se trouvera donné simultanément aux deux vents collatéraux dans une même triade, et la méprise est également facile à reconnaître et à corriger. Certaines variantes ne sont que des synonymies connues ou des traductions. De compte fait, une épuration intelligente et discrète de toute cette nomenclature doit réduire à un petit nombre de variantes bien caractérisées les différences que présentent entre elles les éditions successives de la Rose latine de douze vents depuis Varron dans Sénèque et Pline jusqu'à la *Margarita philosophica* de Grégoire Reisch, et même plus avant dans le XVIe siècle.

Végèce appartient encore à l'âge romain; les manuscrits les plus importants que nous ayons de son œuvre lui attribuent la dignité de comte et la qualification d'illustre qui ne se trouvaient réunies, dans l'étiquette hiérarchique du palais impérial, que sur deux têtes, celles des deux ministres du Trésor public et du Domaine privé. Il y avait bien aussi au Palais, deux autres comtes, commandant la cavalerie et l'infanterie de la Maison Impériale, mais ceux-là n'étaient que respectables, et point illustres; un manuscrit plus explicite fait Végèce comte des Sacrées Largesses, et confirme la dédicace du livre à l'empereur Théodose le Grand, mort un peu avant la fin du IVe siècle.

L'illustre comte avait puisé les matériaux de son *Epitome Rei militaris*
aux sources anciennes, et sa Rose des douze vents, donnée à la fois en grec
et en latin pour éviter toute hésitation, devait sans doute reproduire correctement les types les plus autorisés. Cependant les éditeurs, même le dernier
(Charles Lang, de Heidelberg, dans la collection de Teubner) n'ont pas pris
soin d'épurer suffisamment les leçons discordantes des manuscrits, pour ne
laisser aucune incohérence à corriger par un choix plus attentif entre les
variantes. La nomenclature grecque, au surplus, ne donne à reprendre que
sur un point: le nom de *Leuconotos* attribué au vent collatéral de Notos
vers l'est; et ici nulle variante recueillie n'offre la vraie leçon, facile à
restituer, cependant, sous sa forme légitime d'*Euronotos*, à la simple inspec-
tion de la nomenclature consacrée depuis Aristote et Timosthènes : la confusion faite par les copistes entre Euronotos et Leuconotos se reproduit assez
fréquemment, et la correction en doit quelquefois, être opérée à l'inverse du
cas actuel.

Quant à la nomenclature latine, la révision doit être plus sévère, mais elle
se peut étayer partout de variantes expresses. — La triade du nord ne laisse
rien à désirer; au contraire: elle nous fournit le nom latin de Circius pour
servir de synonyme au grec Thrascias, que Sénèque disait n'avoir point d'équivalent dans la langue de Rome. — La triade de l'est offre de même un synonyme latin, ou réputé tel, jusqu'alors inconnu, pour le grec kaikias; mais
Euroborus est demeuré enfoui, sans écho, dans le texte de Végèce. — La
triade du sud, déjà rectifiée pour le grec par la correction de Leuconotos en
Euronotos, se complétera légitimement, pour le latin, en mettant à la suite
d'Euronotos cette variante: « quod Latini Euroaustrum vocant, » et en regard
de *Libonotos* la variante latine *Austro Africus*. — Quant à la triade de l'ouest,
nous trouvons dans le texte, pour équivalent du grec Zéphyrus le latin Sub-
vespertinus, resté depuis lors dans un complet oubli, mais auquel une variante bien avisée ajoute à bon escient: *sive favonius*, de même que vis-à-vis
du grec Japyx vient se placer la variante *idest corus*.

Je ne veux point m'appesantir sur ces rectifications, pour lesquelles il
fallait renoncer à une leçon vulgaire visiblement erronée pour lui préférer
les variantes d'un manuscrit certainement meilleur; je veux, cependant, signaler encore une correction nécessitée par une incohérence qui disparaitra
par l'adoption d'une variante négligée à grand tort. « *A verno itaque solsti-*
« *tio, id est ab orientali cardine sumemus exordium,* » fait-on dire à Végèce, comme s'il y avait un *Solstice* de printemps! — Hâtons-nous donc d'ef-
facer ce malencontreux *Solstitio* pour y substituer la seule leçon raisonnable,
et par conséquent la seule admissible, que nous offre ouvertement la variante
aequinoctio du manuscrit palatin.

Après avoir eu tant à dire pour montrer l'accord fondamental de Végèce
avec ses devanciers, je ne saurais omettre de remarquer aussi, d'autre part,
qu'en employant le mode d'exposition par triades, que Sénèque fait remonter à Varron, il le soumet à une formule constante, où chaque vent cardinal
est accompagné des deux collatéraux de droite et de gauche, dont la position
relative est toujours déterminée par leur direction propre de la circonférence
au centre ; et cette formule devint la routine dominante des cosmographes
du Moyen-âge.

C'est d'abord Isidore de Séville qui dans son livre *De natura rerum*, adressé au Roi Sisebut (de 612 à 621), inaugura la forme nouvelle qui aura cours désormais pendant plusieurs siècles. Or, il se réfère à un *Tranquillus*, sous le nom duquel, accompagné de l'épithàtè de *physicus*, on a trouvé, dans quelques manuscrits anciens un petit poème de soixante-trois vers léonins sur les vents, en concordance remarquable avec la prose d'Isidore: ces vers ne sont point encore introduits dans nos anthologies; découverts à Bruxelles dans un manuscrit du XII siècle, par Theodore Oehler, de Francfort, ils furent publiés pour la première fois en 1842 par Frédéric Ritschl dans le *Rheinisches Musaeum*, et reproduits en 1857 par Gustave Bekker dans son édition du livre d'Isidore: Bekker ne doute point que le *Tranquillus* du docte prélat ne soit le même que le *Tranquillus physicus* inscrit en tête des soixante-trois *versus de XII ventis*, et le même aussi que l'historien Suétone contemporain de Trajan, ce Caius Suetonius Tranquillus si connu par ses *Vies des Césars*, et qui a écrit bien d'autres choses, entre autres des *Prés*, où Isidore aurait directement moissonné ses emprunts.

Mais Bekker n'a point eu, je pense, l'idée de lui attribuer les vers léonins forgés peut-être, directement ou indirectement, d'après le texte en prose des *Prés*: indirectement sans doute, pensera-t-on, si l'on se reporte, comme Ritschl, aux vingt-sept *Versus de XII ventis*, non léonins ceux-ci, que nous répètent toutes les anthologies latines, depuis celle de Pierre Pithou en 1590 jusqu'à celle d'Alexandre Riese en 1870: évidemment les soixante-trois *Versus Tranquilli physici* ne sont qu'une paraphrase des vingt-sept autres, fournis aux collecteurs par les plus anciens manuscrits d'Isidore. L'un des premiers éditeurs de celui-ci, Jean Grial, était enclin à penser que ces vingt-sept vers avaient précédé l'écrivain sévillan, et pouvaient servir à expliquer ses références à Tranquillus; mais Faustin Arévalo à qui l'on doit la plus récente et la plus ample des éditions d'Isidore, publiée aux frais du cardinal de Lorenzana, s'est cru en droit de repousser cette idée, et d'attribuer les vers à l'archevêque Eugène, qui occupait le siège métropolitain de Tolède au milieu du VII' siècle, l'auteur reconnu d'autres vers de facture semblable, disséminés dans les mêmes manuscrits. Jusqu'à plus ample informé, on peut adopter, pour la commodité des citations, le nom d'*Eugène de Tolède* et celui d'un *Tranquillus physicus* homonyme de l'historien des Césars, comme désignant respectivement les auteurs des deux petites pièces de vers *De XII ventis* qui se rangent naturellement à la suite du livre *De natura rerum* d'Isidore de Séville.

La différence notable à relever entre la Rose qu'ils ont décrite, et celle de Varron, Sénèque et Pline, n'est pas dans l'adoption de quelques synonymes tels que Circius, déjà admis par Végèce au lieu de Thrascias, Euro auster préféré à Phénicias et même à Euro notus, austro Africus se substituant à Libo notus aussi bien qu'à Leuco notus; ce sont là de purs équivalents. Mais il se manifeste, dans la triade orientale, une interversion prononcée: chez Sénèque et Pline et Végèce, Eurus, soufflant du levant d'hiver, avait pour synonyme exprès le Vulturnus; Isidore l'efface sans retour de cette place pour n'y conserver qu'Eurus; et il transporte Vulturnus au Levant d'été, comme synonyme de Caecias, que Tranquillus Physicus écrit *Oaichias*, mal imprimé *Calchias* par ses éditeurs.

Bède le vénérable, au commencement du VIII° siècle, compte aussi dans ses œuvres un livre *De natura rerum*, compris dans le sixième des douze volumes qui composent l'édition du docteur J. A. Giles. L'éditeur a laissé subsister le nom d'*Euro notus* pour le vent collatéral à la gauche d'Auster, tandis que c'est en réalité le synonyme grec de Euro auster, le collatéral de droite ; c'est évidemment une répétition déplacée, au lieu d'Austro africus, à moins qu'on n'y voulût supposer une simple erreur de lecture pour *Leuco notus* qui est la dénomination employée par Sénèque.

Eginhard, qui donne la synonymie latine en regard de la nomenclature franke de Charlemagne, est parfaitement conforme à Isidore, sans joindre cependant au nom de Zéphyrus celui de Favonius comme équivalent.

Raban Maur, dans son traité *De Universo*, au milieu du IX° siècle, copie de même Isidore de Séville ; et j'en dirais autant pour Honoré d'Autun en son *Imago Mundi*, vers 1130, si le nom d'*Euro Notus*, qu'il répète malencontreusement hors de sa place, ne trahissait son modèle direct, Bède le Vénérable, précisément avec la leçon fautive que j'ai relevée tout à l'heure.

Herrade de Landsberg, à un demi-siècle de distance, offre justement une lacune en cet endroit, à en juger par la notice d'Engelhardt, qui avait relevé dans le *Hortus deliciarum*, avec les gloses germaniques dont elle est accompagnée, une numenclatore latine parfaitement semblable, pour les onze autres vents, à la Rose Isidorienne. La notice d'Alexandre Lenoble, d'autre part, n'a tenu note que d'une nomenclature prétendue grecque, où figure, à cette place, un vent *Iuuoletus* que le critique propose de restituer en *libonotus*.

Gervais de Tilbury, qui avait écrit ses *Otia Imperialia* pour Othon de Saxe lequel fut empereur de 1209 à 1218, ne nous offre, dans l'édition de Leibniz, qu'un texte défectueux, dont j'ai cherché la rectification dans nos manuscrits parisiens, espérant que les collations envoyées au noble éditeur par le Père Lelong n'auraient peut-être pas épuisé toutes les variantes : mon pressentiment n'a point été déçu, et l'évènement a même dépassé mon attente, car sur neuf manuscrits que j'ai verifiés aucun ne présentait, dans la série des vents de la Rose dodecaphylle, la regrettable lacune du texte imprimé, non plus qu'une interversion inintelligente des désinences casuelles destinées à maintenir la distinction entre les vents cardinaux et les collatéraux qui leur sont adjoints. Voici la restitution, dans son contexte essentiel, du passage des *Loisirs impériaux* accordé à la nomenclature des vents par l'érudit maréchal du Royaume d'Arles :

« Porro ventorum quatuor sunt principales, qui octo habent collaterales.

« Cardinalis est et principalis: Subsolanus in Oriente, Zephyrus vel Favo-
« nius in Occidente, Boreas ad Septemtrionem, Auster ad Meridiem . . .

« Hiis autem collaterales junguntur: — Eurus Subsolano ; cui Euro auster
« quasi Austro proximus ; — Item Austro ex altero latere Austro africus ;
« cui Africus, Zephyro proximus ; — Zephyro Chorus ; cui Circius, Boreae
« proximus ; . . . . — Boreae Aquilo ; cui proximus Vulturnus ; . . . . . »

Thomas de Cantimpré, une vingtaine d'années après, achevait son livre *De Naturis Rerum*, pendant que Jacques de Vitry résidait à Rome comme cardinal évêque de Tusculum, de 1229 à 1240. Cet ouvrage, resté inédit, lui a été contesté trop légèrement, ce semble, et seulement par des écrivains modernes, pour s'être rencontré des exemplaires intitulés parfois d'autres noms, par exemple de celui d'Albert le Grand. Je ne veux point nier qu'il ne se puisse trouver en tête de l'œuvre de Thomas de Cantimpré quelque autre nom que le sien, puisque j'ai vu moi-même dans notre Bibliothèque Nationale un manuscrit de la fin du XIIIᵉ siècle, portant sur la première page, dans la marge supérieure, cette apostille, qui peut être de la main du même copiste : « Hunc librum collegit et compilavit frater Albertus ordinis fratrum praedi- « catorum »; et de plus le volume est clos par cette formule plus expresse encore : « Explicit liber de Naturis rerum quem composuit frater Albertus « ordinis fratrum praedicatorum doctor eximius »; épithète qui, pour le dire en passant, suffirait à démontrer que la formule tout entière est une addition externe, et non la transcription d'une signature originale. Or, ce manuscrit (n.º 14720 du fonds latin, ancien n.º 871 du fonds de Saint-Victor) ainsi dou- blement revêtu du nom du frère Albert, est précisément le seul qui soit at- tribué à Thomas de Cantimpré dans les catalogues en service à la Bibliothèque Nationale, d'accord pour cette attribution avec le Père Philippe Labbe, qui déclare avéré que l'ouvrage n'est point d'Albert le Grand, mais de Thomas de Cantimpré. J'en ai reconnu dans la même Bibliotèque au moins quatre autres exemplaires (Latins 347 B, 347 C, 523 A, et 6556) ﬁﬁ confondus dans le nombre de ceux du livre *De Proprietatibus Rerum* de Barthélemi Glan- ville, plus récent de tout un siècle, et dont Fabricius avait pris soin de si- gnaler expressément la grande différence (« longè diversus a Thomae Can- « tipratani opere *De Natura Rerum* »); quelques uns de ces manuscrits sont souscrits du nom du copiste, un entre autres :

 « Hunc librum scripsit frater Enjorrannus
 « Anno Domini ᴍ. ᴄᴄ. ʟxx. sexto. »
 Un autre, du XIVᵉ siècle, d'une très-belle écriture :
 « Scriptor sum rudis, Matheus nomine vocor
 « Ordine Carmelli, salvet quem Virgo Maria. »

L'auteur brabançon, qui déclare avoir pris pour ses guides fondamentaux Aristote, Pline, Solin, Ambroise de Milan, Isidore de Séville, et Jacques de Vitry, indépendamment de nombre d'autres dont il déroule une longue liste, a donné, aux chapitres IV et V de son XVIIIᵉ livre une nomenclature des quatre vents cardinaux et de leur huit collatéraux, conforme à celle d'Isidore, sauf, cependant, la répétition, par une méprise inopportune, du nom d'Euro Notus (au lieu de Leuco Notus, Libo Notus, ou Austro Africus) comme avaient déjà fait Bède et Honoré d'Autun.

Vincent de Beauvais, postérieur de quelques années à Thomas de Can- timpré, dont il cite, dans son *Speculum Naurale* le traité *De Naturis Rerum* au chapitre XXXV du livre Vᵉ, avait textuellement rapporté déjà au chapitre XXXIV, la Rose même d'Isidore dans toute son exactitude.

Contemporain de Thomas et de Vincent, beaucoup aidé par le premier, a-t-on dit, pour l'interprétation des œuvres grecques d'Aristote, non moins fécond mais plus original que le second, resplendit à cette époque Albert de Bollstadt, Albert le Grand, dont la majestueuse figure est rehaussée par une masse d'écrits auxquels les grandes bibliothèques offrent seules assez de place pour loger les vingt-un volumes in-folio qu'ils remplissent. Beaucoup de ces ouvrages reproduisent, sous les titres mêmes qu'avait choisis Aristote, les sujets traités par le Stagyrite, *enrichis* de développements nouveaux ; les quatre livres des *Météores* ont pris rang dans le deuxième volume, et là se trouvent, au premier traité du troisième livre, une série de chapitres consacrés aux vents, avec des dessins intercalés dans le texte, si malencontreusement exécutés, qu'il faut prendre soin de n'en tenir aucun compte, afin d'échapper aux incohérences matérielles résultant de l'imprévision des contre-épreuves.

En se bornant au texte, on y trouve, après une digression expresse sur la Rose de Varron et de Sénèque, une description fidèle de la Rose d'Isidore; mais à la suite, le compilateur mentionne la transposition de certains vents d'après les dires de quelques écrivains: (« dicunt quidam aliquorum ventorum transpositionem »), il y avait donc aussi des transpositions volontaires. Cependant je me persuade que ces transpositions ne sont pas tout à fait telles qu'il faudrait les conclure de sa description de cette autre Rose dont la figure est intitulée *Usualis*: les interversions entre la gauche et la droite pour les vents collatéraux du Nord et du Sud me paraissent des méprises tout à fait accadentelles et involontaires, et les transpositions intentionnellement relevées par Albert le Grand se bornent, à mon estime, aux différences qui ressortent du parallèle que voici:

Rose Isidorienne:	Rose dite Usuelle:
Vulturnus	Vulturnus
Subsolanus	Subsolanus
Eurus	Eurus
Euro auster	Notus
Auster	Auster
Austro Africus	Africus
Africus	Zephyrus
Favonius	Favonius
Chorus	Circius
Circius	Chorus
Septemtrio	Boreas
Aquilo	Aquilo

Au surplus, l'abondant écrivain, dans un résumé ultérieur compris au dernier volume de ses œuvres sous le titre de *Philosophia pauperum*, revient au même sujet, et reproduit la même figure défectueuse de la Rose *usuelle;* mais le texte, exempt cette fois de méprise et d'équivoque, est conforme au relevé que je viens de proposer, et qui est bien par conséquent la légitime leçon de notre auteur.

Et cependant, en déchargeant Albert le Grand de toute complicité dans les interversions qui semblent résulter de reproductions en contre-épreuve au lieu d'exacte copie, je ne puis m'abuser sur la répétition routinière de ces images fautives qui se perpétuent de siècle en siècle comme si elles représentaient un type réellement usuel. Parmi les écrivains anciens dont les manuscrits sont traditionnellement ornés de figures du Monde connu plus ou moins travesties par la naïve inhabileté artistique du dessinateur, on compte Salluste aussi bien que Macrobe, Orose et Priscien: vous pouvez voir dans l'Atlas du Moyen-âge de Lelewel (pl. XXXV), une Mappemonde circulaire de sept centimètres de rayon, empruntée à un manuscrit de Salluste du XV° siècle, appartenant à la Bibliothèque de Genève : le pourtour en est orné de douze têtes de vents réparties et dénommées précisément comme dans la Rose *usuelle*, non redressée, d'Albert le Grand.

Guillaume de Tripoli, contemporain d'Albert, confirme à son tour la leçon restituée. Il y a justement trente-cinq ans que je copiais, d'après le manuscrit de notre Bibliothèque Nationale (Lat. 5510, folio 109) une sorte de Mappemonde, écrite plutôt que dessinée, placée à la fin du traité *De Statu Sarracenorum*; Santarem, à qui je donnai plus tard cette copie, l'a reproduite dans son Atlas (B. X. 2) comme un fac-simile de l'original, sans prendre garde que mon écriture personnelle n'était point le gothique du XIV° siècle caractéristique du manuscrit; Lelewel (pl. XXVI) a simplement copié la gravure de Santarem. Il y a, cependant, entre la Rose *Usuelle* d'Albert le Grand et celle de Guillaume de Tripoli, une différence, mais une seule : à la triade du Nord, dans celle-ci, les noms de Borée et d'Aquilon ont mutuellement échangé leurs places, Aquilon devenant cardinal et synonyme de Septentrion.

Richard de Haldingham, à qui est dû le grand planisphère manuscrit appendu dans la cathédrale de Saint-Ethelbert de Hereford, et dont je crois avoir déterminé plausiblement la date d'achèvement en l'année 1314, a inscrit autour de son chef-d'œuvre les douze vents de la Rose Isidorienne avec la plus fidèle exactitude, ainsi qu'on le peut vérifier sur le fac-simile qu'en a publié Jomard dans ses *Monuments de la Géographie*.

Une quarantaine d'années plus tard, Ralph de Higden, dont le *Polychronicon* se poursuit jusqu'à l'année 1357, y ajoutait un planisphère entouré d'un encadrement elliptique qui renferme pareillemen*, au moins dans le manuscrit royal 14 C IX du Musée Britannique, grâce à de plus grandes dimensions, les figures de douze vents (Gough par inadvertance n'en a compté que dix) accompagnés de leurs noms en doubles légendes: noms illisibles en plus d'un endroit sur le fac-simile de Santarem (B XXIV), mais dont je puis vous donner le déchiffrement d'après la copie que j'en avais faite sur un calque moins défectueux. Je les transcris ici, en donnant généralement le pas à la légende qui contient la dénomination latine :

Wulturnus — Cessias.
Subsolanus — Apeliothes.
Eurus, grece — Est *sive* Oriens.

Euro auster — Euro Nothus.
Auster — Nothus.
Auster affrichus — Libo Nothus.

Affrichus — Libs è Libia.
Favonius — Espherus *(Zephirus?)*.
[Chor] us — Agrestis.

Circius — Trachias.
Septemtrio — Aparctias.
Aquilo — Boreas.

Un compatriote et un contemporain, le cordelier anglais Barthélemi Glanville, écrivit en dix-neuf livres, sous le titre *De proprietatibus Rerum*, une encyclopédie fort répandue, que l'on traduisit de bonne heure tant en anglais qu'en français, et dont le livre XIe, traitant *De proprietatibus aëris*, contient un chapitre spécial, le iij^e, intitulé *De Ventis*. J'ai déjà eu lieu de rappeler après Fabricius, que cette œuvre ne pourrait être confondue, sans une déplorable inattention, avec celle de Thomas de Cantimpré, qui l'avait précédée d'un siècle, et qui malgré de nombreuses ressemblances est tout autrement disposée. Les références à Isidore sont fréquentes dans tout le cours de ce chapitre, et pourtant ce n'est point à lui que le moine anglais a emprunté sa description de la Rose des Vents: celle qu'il reproduit est la même qu'Albert le Grand désignait, en parallèle avec celle d'Isidore, comme plus usuelle; et encore, pour assurer cette identité, faudra-t-il, en dépit des éditions et des manuscrits, dans la désignation des deux vents collatéraux de Borée qui prend ici le milieu, placer Aquilon vers l'Orient et Chorus vers l'Occident, en échangeant l'un pour l'autre en cet endroit, l'Occident et l'Orient intervertis.

C'est la Rose Isidorienne correcte qui reparait en 1410 dans l'*Imago Mundi* du cardinal Pierre d'Ailly, dont le chapitre LXe et dernier est consacré aux Vents, avec adjonction d'une figure spéciale conforme à l'explication.

On retrouve pareillement cette description non altérée dans la Cosmographie de Guillaume de Saint-Hilaire, manuscrit inédit du XVe siècle, appartenant à la Bibliothèque Mazarine, et qui débute par un chapitre *De Ventis*.

Le bénédictin allemand Dom Nicolas, de Reichembach, (dont, malgré la connivence de Jean de Trittenheim, on hésite à admettre comme nom propre légitime celui de *Donis,* lequel semble né d'une simple confusion avec le qualificatif monastique de *Domnus)*, avait joint à son édition latine de la Géographie de Ptolémée préparée en 1468 et publiée à Ulm en 1482, un traité *De locis et mirabilibus Mundi*, dont les chapitres 25 et 59 se réfèrent exactement à la fois, dans leur exposition itérative du système des Vents d'Isidore, au livre XIII des Étymologies, et au livre spécial *De Naturis Rerum*

Vers la même époque le florentin François Berlinghieri, qui eut la courageuse fantaisie de mettre en vers, *in terza rima*, l'œuvre décharnée du Géographe Alexandrin, distribuait en orle, autour de sa figure du Monde, les quatre triades de vents de la Rose Isidorienne exactement reproduite.

L'édition latine de Ptolémée parue aussi vers ce temps à Bologne sous la date suspecte de 1462, et l'édition nouvelle que Bernard de Silva d'Eboli fit paraître à Venise en 1511, présentèrent également la Mappemonde du Géographe grec entourée des figures des douze vents moins scrupuleusement copiés du type Isidorien.

C'était de même, sans une irréprochable ponctualité que Grégoire Reisch, dans sa *Margarita philosophica,* préparée en 1496, mais publiée seulement en 1503, et que Martin Waltzemüller en 1507 dans sa *Cosmographica Introductio*, perpétuaient la tradition de l'écrivain sévillan; tradition routinière désormais et surannée, dans les traités vulgaires de toutes dimensions qui pullulaient sous le nom d'Apian et de ses imitateurs.

Encore inscrite autour de quelques mappemondes signées de Pierre Roselli (1532) et de Sébastien Münster (1544), la Rose des douze vents s'éteignait graduellement dans la désuétude, cédant enfin la place, sans retour, à la Rose des huit vents et à ses dérivations binaires.

Toutefois, avant de tenir pour accomplie la transition définitive du type devenu hors d'usage au type exclusivement en vigueur désormais, il me faut signaler ici une lacune volontaire, et la réparer.

Dans la longue trainée, que je viens de parcourir jusqu'au bout, des compilations répétant à satiété avec un médiocre souci de rigoureuse exactitude, la nomenclature fondamentalement uniforme des douze vents, ne se trouve point compris un système de variantes coordonnées en un groupe spécial faisant partie d'un ouvrage mal connu, qu'il m'a paru opportun de réserver pour une mention à part, tant en considération des formes inusitées de la nomenclature qu'il vient inaugurer, qu'à raison aussi de quelque incertitude sur le rang chronologique auquel il convient de fixer l'introduction de ce type nouveau.

En déterminant, quelques pages plus haut, la place et le caractère de l'œuvre de Thomas de Cantimpré, j'avais eu l'occasion d'en citer un exemplaire du XIVe siècle, portant, au bas, la souscription de l'humble scribe qui l'avait copié, le carme Mathieu: dans le même volume se trouvent renfermés, immédiatement auparavant, dix feuillets de la même écriture, souscrits du même nom, en ce distique léonin:

> « Te laudo, Christe, quoniam liber explicit iste,
> « Sit et Mattheus scriptor a te benedictus. »

Ce livre, dépourvu de titre, semble au premier examen constituer dans son ensemble une compilation cosmographique partagée en chapitres nombreux et variés se coordonnant aisément, d'après les matières qui y sont traitées, sous trois chefs principaux, savoir, les Quatre Eléments, les Sept Planètes, et les Trois Parties du Monde. Les deux dernières sections sont respectivement signalées par des rubriques renfermant chaque fois cette désignation révélatrice: *Secundum magistrum Asaph Ebreum*; peut-être la même indication devait-elle figurer aussi dans la rubrique initiale qui manque au volume: il s'agit en effet, ainsi qu'on en peut juger par quelques références, des diverses parties de l'œuvre d'un seul et même écrivain, lequel, uniformément dans toutes, professe ouvertement le christianisme, et dont l'âge ne peut descendre plus bas que le XIVe siècle, puisque la copie du carme Matthieu pose virtuellement elle-même cette limite.

Soit auteur direct, soit simple compilateur de la Cosmographie qui nous est parvenue en cette forme, le pieux écrivain rappelle, au début, qu'il a déjà raconté le triomphe de l'Église au temps du pape saint Sylvestre, et les translations successives de l'Empire, dans un ouvrage antérieur de sa composition: *in libro nostro Ystoriarum antiquarum*.

Quel rôle, dans cet état de choses, convient-il d'attribuer au juif Asaph dans la Cosmographie qui s'impose ici comme un problème à notre appréciation? S'agit-il d'un Israélite dont le savoir aurait été mis à profit par un compilateur chrétien anonyme, familier avec l'hébreu, ou disposant d'une version latine? Ou bien s'agit-il d'un juif converti nommé Asaph, dont nous aurions sous les yeux la composition directe, soit en original, soit en traduction? La question, sans être demeurée complètement intacte, n'a point encore obtenu de solution définitive: cependant, après avoir été abordée d'une manière très-imparfaite par divers littérateurs hébraïsants, parmi les-

quels il est superflu de mentionner même Zunz, Steinschneider et Geiger, elle
a été plus sérieusement examinée en dernier lieu dans un écrit spécial de
M. Adolphe Neubauer, inséré au recueil *Orient und Occident* de Benfey.

Le docte critique, sans se donner pour infaillible, s'est cru autorisé à
conclure de divers rapprochements ingénieux, que le juif Asaph, auteur de
la Cosmographie latine dont il est ici question, est le même personnage que
l'auteur d'un traité de Médecine dont le texte hébreu existe en diverses bibliothèques de l'Europe sous le titre de *Sepher Asaph*; qu'il était chrétien,
qu'il a écrit probablement dans le XIe siècle, postérieurement à la fondation
du Caire, qu'il mentionne, et avant le XIIe siècle où il se rencontre cité pour
la première fois; M. Neubauer conjecture que cet Asaph a écrit en Arabe,
qu'il a été traduit ensuite en latin, et que c'est sur le latin qu'aurait été
faite la version hébraïque de son traité de Médecine, offerte aujourd'hui par
les manuscrits.

Je n'ai point à pousser plus avant cette digression destinée seulement à
préciser l'âge et le caractère d'un ouvrage auquel devait écheoir ici une
place hors rang à raison des variantes tranchées qu'il vient introduire au
milieu des dénominations applicables à la Rose latine des douze vents.

Cette nomenclature nouvelle se trouve inscrite sur un diagramme inter-
calé au chapitre *De l'air et des vents* compris au traité des *Quatre Eléments*
dans la Cosmographie d'Asaph; diagramme que Santarem a reproduit en fac-
simile dans son Atlas de la Géographie du Moyen-âge (B, II, 3). En répétant
ici le tableau des noms rassemblés sur cette curieuse figure, il me parait
convenable d'y adjoindre les autres synonymies de l'ancienne nomenclature
simultanément rappelées dans le texte:

<table>
<tr><td>⎧</td><td>Circius</td></tr>
<tr><td>⎨</td><td>Aquilo — Tramontana</td></tr>
<tr><td>⎩</td><td>Boreas</td></tr>
<tr><td>⎧</td><td>Caecias — Vulturnus — Graecus</td></tr>
<tr><td>⎨</td><td>Oriens</td></tr>
<tr><td>⎩</td><td>Eurus — Sillocus</td></tr>
<tr><td>⎧</td><td>Imber</td></tr>
<tr><td>⎨</td><td>Auster — Meridies</td></tr>
<tr><td>⎩</td><td>Garbinus — (Le) bex</td></tr>
<tr><td>⎧</td><td>Africus — (Garb)</td></tr>
<tr><td>⎨</td><td>Occidens</td></tr>
<tr><td>⎩</td><td>Chorus — Magister.</td></tr>
</table>

On reconnait là aisement la concurrance de deux systèmes onomastiques
très-distincts, entre lesquels tend à s'accomplir la transition des routines de
l'école à la pratique vulgaire des marins. Comme s'exprime naïement Asaph:
« Quem scriptura vocat... Vulturnum... Eurum... Africum... Chorum... Nautae
« nominant ipsum Graecum... Scillocum... Garbinum.... Magistrum..., sua lo-
« quela; » quelquefois avec certaines distinctions pour un même vent; par
exemple: « Africum, cúm est dulcis et suavis, vocant eum Garbinum, sed
« cúm movetur de magna rapina cum fortuna, nautae dicunt [Le] bex: » et
ailleurs encore: « et etiam invenitur quod idem ventus hic facit fleri plu-
« viam [*d'où le nom de Imber*] et alibi non. »

Mais on est frappé en même temps de plus d'une lacune dans le parallélisme des deux nomenclatures concurrentes ; et l'on pressent dès lors qu'il devait résulter de cette correspondance boiteuse une tendance inévitable à une transition par voie de retranchement et de simplification, telle que l'avait autrefois signalée Pline à l'égard du diagramme de Timosthènes pour arriver à celui d'Andronic préconisé par Vitruve.

Asaph nous fournit donc à vrai dire, sous l'apparence d'une synonymie nouvelle incomplètement adaptée à un type plus développé, la Rose simplifiée de huit vents, avec les noms vulgaires à désinences latines qui s'y étaient impatronisés déjà, comme on voit, dès le XIᵉ siècle, où nous trouvons à relever spécialement ces huit noms :

Tramontana	Meridies
Graecus	Garbinus (ou Lebex)
Oriens	Occidens
Sillocus (ou Imber)	Magister.

Cette Rose simplifiée, qui se révèle ainsi, au milieu d'un amalgame hétérogène, par la physionomie onomastique de ses éléments propres, et qui tend à se dégager d'un cadre qui n'est pas le sien ; elle ne devait plus tarder à s'affirmer d'une manière directe, indépendante et absolue, en dehors même de la nomenclature vulgaire qui lui était exclusivement consacrée.

Dès la première moitié du XIIᵉ siècle, Guillaume de Conches présente, dans son Traité de philosophie, une théorie de la distribution des vents basée sur les quatre *refusions* de l'Océan décrites et graphiquement tracées par Macrobe en son Commentaire sur le Songe de Scipion (II, IX) ; cette théorie de Guillaume de Conches se résolvait en une double symétrie entrecroisée, de quatre vents cardinaux et quatre vents secondaires réunis dans une même Rose de huit vents, dont, au surplus, le philosophe normand ne prend pas le soin de détailler la nomenclature.

C'est désormais sur les cartes des mariniers que se pouvaient rencontrer figurés ces repères nautiques, indicateurs permanents de la direction des routes pratiquées sur l'élément mobile. Ces précieux échantillons de la cartographie positive de nos aïeux ne sont parvenus entre nos mains qu'en de rares et tardifs exemplaires, dont les plus anciens connus des érudits portent la date chronologique de 1318 et le nom du génois Pierre Vesconte, mais dont on peut aussi recueillir de précédentes traces dans des récits antérieurs.

Veuillez me permettre de vous en rappeler un exemple notable consigné dans l'histoire de la dernière croisade de Saint Louis, par Guillaume de Nangis. Partie d'Aiguesmortes le 1ᵉʳ juillet 1270 pour la rade de Cagliari en Sardaigne où était le rendez-vous général de l'expédition, l'escadre royale, après avoir essayé une tempête dans le Golfe du Lion, s'étonnait, dans la soirée du sixième jour, de n'avoir pas encore atteint le point désigné pour le ralliement, et demandait sa situation précise aux pilotes, lesquels apportèrent devant le Roi leur mappemonde, pour lui montrer leur situation à proximité du port, dont on n'avait distinctement reconnu que tardivement les atterrages.

Peut-être a-t-il fallu la circonstance exceptionnelle d'une navigation royale, et d'une fortune de mer qui l'avait contrariée, pour amener dans un récit historique la mention accidentelle et isolée d'une carte nautique et de son emploi: le silence des écrivains sur ces matières ne saurait aucunement impliquer pour motif un défaut d'usage, dans la pratique constante des nautonniers, de ces instruments essentiels de leur profession : aussi n'hésité-je point à considérer les marins dont Asaph rappelait, deux cents ans auparavant, le savoir technique et l'expérience, en même temps que le langage prédominant, comme appartenant à une série continue, au cours de laquelle se sont laissé ensuite entrevoir au passage les pilotes de Saint Louis, et où viendront à leur tour marquer leur rang successif les habiles hydrographes des XIVe, XVe et XVIe siècles, dont la renaissance Ptoléméenne, entichée d'un aveugle enthousiasme rétrospectif pour l'antiquité classique, devait méconnaître et étouffer les mérites progressivement accumulés et consacrés par l'étude directe et l'observation matérielle des faits.

Une correlation intime avait toujours relié nécessairement les cartes nautiques à la Rose de vents sur laquelle elles étaient projetées, et la Mappemonde de Timosthènes était décrite par Agathémère, comme nous avons vu, en même temps que la Rose de douze vents du célèbre navarque alexandrin. L'époque d'Asaph me semble bien voisine, si elle n'y coïncide entièrement, de la transition de cette ancienne Rose grecque de douze vent à celle de huit vents exclusivement indiquée bientôt après par Guillaume de Conches; et nous ne trouvons matériellement de traces que de celle-ci dans les cartes marines que la pieuse curiosité des érudits modernes a recueillies des épaves du Moyen-âge.

Des publications d'abord isolées et sporadiques, graduellement plus fréquentes, puis formant de précieux recueils de dessins et de notices, ont signalé, et finalement mis à la portée des gens d'étude l'examen direct de ces monuments trop longtemps négligés: les splendides Atlas de Jomard et de Santarem, pour ne parler que des plus magnifiques, ont mis depuis trente ans dans la circulation commune, au moyen de fac-similés d'une beauté remarquable, un grand nombre de ces trésors dont les originaux sont tenus en réserve dans les grands dépôts littéraires et scientifiques de l'Europe. Je n'ai point à tenter l'inventaire des richesses spéciales vulgarisées par cette voie; il convient seulement à mon sujet de jeter un coup d'œil général sur l'ensemble pour signaler certains traits distinctifs au point de vue particulier de leur projection caractéristique.

Que ce soient des Mappemondes, dans leur intégralité orbiculaire plus ou moins vaste, ou distribuées en feuilles se superposant en plis alternatifs comme les vantaux d'un paravent, ou que ce soient des portulans graphiques généraux, ou particuliers de toutes les côtes reconnues, ou de celles de la Méditerranée ou de quelqu'une de ses dépendances, toutes uniformément sont traversées par les rayons à la fois convergents et divergents d'un ou plusieurs systèmes de Roses symétriquement conjuguées, qui couvrent l'ensemble du plan de projection d'un réseau de directions multiples formant à chaque centre de convergence précisément une Rose totale ou partielle subdivisée angulairement par vents, demi-vents et quarts de vent. A chacun de ces ordres de rayons est affectée une couleur spéciale: les huit vents proprement dits (quatre cardinaux et quatre intermédiaires) sont tracés en lignes noires;

les huit demi-vents en lignes vertes (parfois bleues par élégance exceptionnelle), et les seize quart de vent en lignes rouges; précaution utile pour aider l'œil à retrouver et poursuivre sa voie au milieu de l'enchevêtrement des directions entrecroisées. Une recherche d'enjolivement fait ajouter, au gré de l'artiste, au centre de la Rose un ornement fleuronné peint de couleurs vives et tranchées, parfois rehaussées d'or.

Souvent aucune nomenclature n'accompagne sur les cartes le tracé des Roses. Quand la nomenclature n'est pas tout à fait absente, il arrive qu'elle soit suppléée par de simples initiales, entre lesquelles il advient aussi que le T indicatif de la *Tramontana* soit remplacé par la figure d'une pointe, simple dans l'origine, plus tard fleurdelisée, représentant l'aiguille aimantée de la Boussole; et que la sigle L de *Levante* soit suppléée par une croix faisant allusion au Calvaire de Jérusalem, et voire mystiquement au Paradis Terrestre.

Rarement les dénominations des vents sont inscrites en entier, et je ne vous en pourrai citer qu'un bien petit nombre d'exemples. Plus rarement encore ces dénominations sont-elles accompagnées de quelques indications complémentaires: ce dernier cas se rencontrait jadis sur la bordure de la grande carte datée du 12 décembre 1367, signé de trois vénitiens du nom de Pizzigani, conservée dans la Bibliothèque de Parme; mais l'action du temps a endommagé les inscriptions au point de ne laisser quelque chance de lecture possible qu'au paléographe habile qui pourra tenter directement sur l'original le déchiffrement presque désespéré des quelques vestiges encore saisissables par places, et tout à fait illisibles sur le beau fac-similé que Jomard en a publié dans son recueil des monuments de la Géographie (X).

La nomenclature des huit vents, inscrite tout au long seulement sur quelques cartes de choix, est peu variée, mais sans être cependant d'une constante uniformité; des diversités d'orthographe, de dialecte, de traduction, et même de synonymie équivalente, ne donnent prise à aucune incertitude; et le recensement des leçons est bref à dresser, même en y réunissant celles que par avance Asaph avait enchassées dans un cadre inapproprié. Le faisceau de documents ainsi rassemblés, Asaph et les Pizzigani compris, compte, d'une part deux mappemondes orbiculaires fort renommées: d'abord celle de Marin Sanuto, jointe en 1321 aux *Secreta fidelium Crucis*, publiée par Bongars dans son édition si connue de ce livre (à la suite du *Gesta Dei per Francos*), et reproduite en fac-simile d'après divers manuscrits dans l'Atlas de Santarem; en second lieu celle du camaldule vénitien Mauro, terminée en 1459, copiée en fac-simile pour le British Museum, publiée d'après cette copie anglaise dans l'Atlas de Santarem (C), et reproduite finalement au moyen de la photographie, en réduction au quart de l'original, par les soins du libraire Max Münster, de Venise. Münster a photographié aussi l'Atlas d'André Bianco, de 1436, comprenant une mappemonde orbiculaire déjà gravée et publiée autrefois (1783) par Formaleoni, et assujétée au diagramme général de la Rose de huit vents; mais il ne s'y trouve que les huit initiales: L S. O. A. P. M. T. G. pour toute nomenclature.

Et à côté des deux mappemondes orbiculaires de Sanuto et de Mauro, ornées de la nomenclature explicite des huit vents, se rangent d'autre part deux cartes rectangulaires comme des Pizzigani, et projetées respectivement comme celle-ci, sur un réseau combiné de Roses principales et subordonnées: l'une de ces cartes, pour laquelle est restée définitivement adoptée la date de 1375, que le premier j'avais reconnue au lieu de celle de 1346 qui lui fut longtemps attribuée, c'est l'œuvre d'un cosmographe catalan anonyme, peut-être mayorquin, conservée en original à la Bibliothèque nationale de Paris, et publiée en fac-similé, avec une Notice de Buchon et Tastu, par l'Académie des Inscriptions et Belles-lettres de l'Institut de France (*Notices des MSS.*, tome XIV). L'autre carte, conservée pareillement à la Bibliothèque nationale de Paris, est reputée provenir d'une famille pisane; elle est anonyme et sans date, mais elle appartient paléographiquement au XIV° siècle; le fac-similé en existe dans le recueil de Jomard (XI), où elle fait suite à celle des Pizzigani (X).

Tels sont les monuments les plus autorisés dans lesquels se puisse rechercher le type désormais usuel de la Rose nautique de huit vents; la diversité des variantes devait naturellement se résoudre en une leçon normale, et comme toujours, suivant l'élégant et banal apophtegme du poète, la détermination en resta dévolue à l'usage:

> « .... usus,
> Quem penes arbitrium est et jus et norma loquendi. »

Sanuto avait continué d'admettre, pour le nord, la dénomination surannée d'Aquilon, et le classique nom cardinal de Septentrion avait trouvé grâce devant les Pizzigani; mais *Tramontana*, déjà inscrit par Asaph parmi les termes préferés des marins, demeurait impatronisé chez le Catalan et le Pisan anonymes, de même que chez fra Mauro et dans tous les textes où se pouvaient étendre les studieuses lectures.

Greco, dépouillant la désinence latine, resta sans partage en possession du nord-est.

Le classique Oriens avait persisté, en même temps que tout le surplus de la rédaction latine, dans Asaph, Sanuto, les Pizzigani, et fra Mauro; mais l'usage ultérieur préféra la traduction vulgaire *Levante*, inaugurée par le Catalan et le Pisan anonymes.

Sirocco demeura l'énonciation régulière à laquelle se laissaient aisément ramener, outre les simples désinences latines, la liquide permutable du Sillocus d'Asaph, Silocco du Pisan, et même Laxaloch du Catalan, sans prétendre qu'il n'échappât encore plus d'une fois quelque Sciloch rétif, que ne pouvait cependant excuser l'étimologie, soit qu'on l'empruntât exactement au Schergy des Arabes, soit qu'on acceptât la fantaisie de votre ingénieur pontifical Crescenzio, qui avait proposé Syriacus.

Pour le sud, Asaph laisse à choisir entre Auster et Meridies: Sanuto et fra Mauro se tiennent au premier, mais les Pizzigani, le Catalan et le Pisan optent pour le second, qu'ils prononcent tour à tour Meridies, Mezzodi ou Meyjorn; la sigle O, à laquelle se borne André Bianco révèle la forme vulgaire *Ostro* de la leçon dominante.

Je vous ai déjà signalé la distinction significative des deux noms de Garbinus et de Lebex, tous les deux affectés par les marins, au dire d'Asaph, au vent de sud-ouest; fra Mauro retient seulement la première dénomination, tandis que le Catalan et le Pisan retiennent seulement la seconde; et Sanuto a conservé le classique Africanus, qui se trahit aussi dans la sigle A d'André Bianco. Je ne sais point de choix déterminé qui ait prononcé entre ces trois noms, qui reparaissent dans la suite par intervalles, mais dont celui de *Libeccio* semble peut-être se trouver plus fréquemment employé.

Pour le latin classique Occidens et sa traduction vulgaire *Ponente* je n'ai qu'à répéter ce que je viens de dire tout à l'heure du latin Oriens et du vulgaire Levante.

Enfin *Maestro*, introduit sous la forme latine Magister par Asaph et Sanuto, et perpétué sur le sol français par le Mistral (magistralis) de nos provençaux, est demeuré sur la Mediterranée sous la dénomination normale du nord-ouest.

Telles sont les conditions dans lesquelles se trouva définitivement accomplie l'évolution à la suite de laquelle demeura consacrée en sa pleine vigueur et son développement intégral la Rose des vents ou Compas de route, uniforme en sa répartition de l'horizon pour tous les navigateurs du monde, qui partout uniformément aussi appellent *quarts de vent* les trente-deux aires ou Rumbs qui se comptent sur le limbe; mais cette dénomination commune de quarts de vent, elle n'est exacte que sur la Méditerranée, où la rose connaît en effet par leurs noms propres huit vents distincts qui se divisent avec une parfaite exactitude en seize demi-vents et trente-deux quarts de vent. Mais la nomenclature anglo-saxonne ou teuto-gothique, ou comme il vous plaira de l'appeler, répandue et prédominant partout, ne possède exclusivement que quatre radicaux, à l'égard desquels les prétendus *quarts* sont en réalité des huitièmes, et par conséquent un emprunt hétéroclite et tardif à une œuvre étrangère mieux combinée.

Le nom de Gossellin s'était inscrit en quelque sorte de lui-même, au début de ces pages, pour offrir un point de départ aux causeries (je ne voudrais pas employer de locution plus formaliste), que je désirais engager avec vous sur un sujet où j'avais en vue un point spécial à soumettre, par devoir de courtoisie, à votre détermination personnelle. Et dès lors aussi j'avais prononcé, comme se laissant entrevoir sur l'horizon, à la suite du nom de Gossellin, celui d'un autre écrivain d'un moindre relief, fort mêlé naguère à ces questions avec plus de lecture que de savoir, plus de confiance que d'autorité sérieuse, mais fort recommandable, par son zèle sincère pour l'étude et sa laborieuse activité de publication. Je n'ai pas besoin de rappeler autrement le nom de Santarem.

Quelque prévision que j'eusse conçue de la place que les éventualités de la rédaction me conduiraient à lui réserver pour des observations critiques inévitables, je suis arrivé à la dernière phase de mon sujet sans avoir encore abordé l'examen du chapitre (§ XVII) que dans le premier volume de son « Histoire de la cosmographie et de la cartographie pendant le Moyen-âge » l'auteur portugais a expressément intitulé : *Des differentes roses des vents qu'on remarque dans les Mappemondes et dans les cartes du Moyen-âge.*

Il serait oiseux de s'attarder sur nombre d'inutilités redondantes, de doctrines aveuglement répétées d'après Gossellin, d'assertions suspectes (faussées dirais-je mieux) par les hallucinations ou des lapsus étranges, d'énonciations d'une patente inexactitude matérielle: je puis me borner, et ce sera presque trop, à constater la préoccupation fantasque qui, outre telle ou

telle autre, montre obstinément à l'auteur fasciné la rose persistante de douze
vents (inséparable en quelque sorte, sous sa plume, de l'épithète·de grecque
et du nom de Timosthènes) là où la complaisance la plus bénévole s'évertue-
rait en pure perte à découvrir autre chose que les huit vents du canon latin
de Vitruve ou de l'étoile vulgaire des mariniers.

Vitruve lui-même ne peut échapper à cette méprise bizarre : la figure
dont l'architecte romain a pris soin de tracer et de décrire expressément le
type pour accompagner son texte, en déclarant que « *ità sunt aequaliter
ventorum octo spatia in circuitionem, quae . . . . ità descripta erunt in
singulis angulis octogoni* », cette figure solemnellement proclamée octogone,
Santarem en a recontré, dans un manuscrit parisien du XIe siècle, un grand
dessin très-correct, rigoureusement conforme aux énonciations du texte, et
d'une parfaite clarté; il en a publié dans son propre recueil un fac-similé
(B, II, 4); et il a néanmoins imprimé tout aussitôt, sans se raviser (pag. 271) :
« on trouve à la suite du manuscrit de Vitruve cité dans le texte, une rose
des vents, mais en 12 divisions »! . . . .

Autre exemple de la même préoccupation; mais cette fois, si l'assertion
erronée n'est pas moins inconsidérément introduite, elle est plus explicitement développée, et en sus appuyée, avec une naïve assurance, sur un texte
poétique incompris, dont la teneur (même sous réserve de modifications cor-
rectives indispensables selon ma pensée) porte en soi la condamnation du
confiant écrivain qui en a orné son élucubration. Un intérêt spécial de votre
part est acquis d'avance à l'incident actuel; car il s'agit d'un de ces poètes
que vous connaissez si bien, qu'appartiennent à votre domaine littéraire
d'éditeur critique, et dont je vous disais tantôt, avec une satisfaction pleine
de gratitude, que je trouve bien commode de lire, dans la *Biblioteca rara*
de Daelli, le petit volume à la nouvelle recension duquel vous avez associé
votre nom.

Santarem, à l'endroit qui appelle ici le blâme itératif provoqué par son
inconcevable étourderie, évoque un nombre d'auteurs du Moyen-âge chez lesquels il signale la persistance de *la Rose grecque de 12 divisions;* et il ajoute,
sans plus de circonspection : « Les cartographes trouvaient encore la même
« Rose des 12 vents dans le poème géographique de Goro Dati, composé dans
« le XVe siècle (1422), à une époque si rapprochée des grandes découvertes
« maritimes »; et un renvoi immédiat rattache à cette assertion cavalière
la strophe de huit vers, chiffrée n° 3 au IIIe livre de *La sfera del Dati* (que
je crois fermement avec vous être bien Goro Dati, comme l'a déclaré son
continuateur Tolosani).

Je ne puis me borner à transcrire purement et simplement, sans autre
façon, la strophe *De' Venti,* de peur de laisser sans démonstration suffisamment
accentuée la bévue d'interprétation commise ex-professo par le docte écrivain
portugais; mais il me suffit de prendre successivement une à une les phrases
respectivement consacrées à chacun des vents de la Rose *prétendue duodé-
cimale,* et de les numéroter à mesure afin de ne risquer aucun mécompte
dans cette vérification décisive. Je veux aussi, en vue d'une clarté plus grande
encore, ne pas négliger le petit artifice typographique d'affecter aux noms
classiques anciens l'impression en petites capitales romaines, et d'attribuer
le caractère italique aux dénominations vulgaires.

J'opère donc ma citation de *l'ottava rima* de votre poète sous cette forme :

1º

« ZEFFIRO è quel che noi diciam *Ponente,*

2º

« E CORO è *Maestrale;*

3º

ed AQUILONE

« *Tramontana* si chiama;

4º

e poi, seguente

« BOREA detto *Greco,*

5º

EURO si pone

« Per lo *Levante;*

6º

e NOTO incontanente

« *Scilocco* ha nome;

7º

e seguita AFFRICONE

« Ch'è *Mezzodì;*

8º

e l'ultimo è del chiostro
« *Libeccio* ovver *Garbin,* che si dice OSTRO. »

Voilà bien en réalité les huit vents de la Rose nautique, avec la correspondance, en parallèle, des noms classiques et des noms vulgaires. Il ne peut y avoir la moindre hésitation sur ce nombre de huit vents exactement comptés, et c'était une aberration manifeste de Santarem que d'en avoir cru trouver douze. La vérification, sur ce point, est radicale.

Mais une autre difficulté m'était apparue dans le texte de Goro Dati dès le moment où ma vérification l'avait soumis à un contrôle détaillé de chaciune de ses parties, pour le fond en même temps que pour la forme : une incohérence évidente demeurait impossible à méconnaître dans les deux derniers versets de la strophe, où se trouvent relégués, au terme final de la série des huit vents passés en revue, AFFRICONE et OSTRO, ainsi désignés par l'ancienne nomenclature classique, mais dont les synonymes vulgaires sembleraient avoir subi une transposition singulière, puisque *Mezzodì* se trouverait identifié avec AFFRICONE, pendant que c'est avec OSTRO que serait assimilé *Libeccio ovver Garbin.* Dès le premier moment de la surprise — (c'est déjà bien vieux, et remonte à un quart de siècle) — je me hâtai de rechercher dans les éditions et dans les manuscrits du poème de Goro Dati qui pouvaient s'offrir alors à ma portée, la clef et le redressement de cette incohérence. Mais les manuscrits comme les éditions reproduisaient avec une triste uniformité ce texte incongru.

Alors je n'a pris conseil que de la seule critique, critique résolue sans cesse d'être discrète; et reprenant les deux versets empreints d'un désordre auquel il était indispensable de remédier, j'ai considéré comme l'indication la plus naturelle de la voie à suivre dans cette conjoncture, le rapprochement désirable de OSTRO avec *Mezzodi* son équivalent incontesté, et le rapprochement non moin justifiable d'AFFRICONE avec son double équivalent reconnu *Libeccio ovver Garbin*; et il m'a semble qu'une transposition pure et simple opérée en conséquence sur les deux vers terminaux de la strophe, poùvait satisfaire à souhait aux exigences du sens en même temps qu'aux convenances de l'harmonie poétique; et j'ai ainsi restitué la fin de la strophe du cosmographe florentin:

7°

« E seguita AFFRICONE.
« *Libeccio* ovver *Garbin* che si dice,

8°

OSTRO

« Ch'è *Mezzodi*.
E l'ultimo è del Chiostro. »

(Et sequitur Africus Austrum, bien entendu, puisque le tour d'horizon se poursuit du Levant au Couchant par le Midi, en sorte que c'est finalement aussi *Africus* dont il faut entendre *et ultimus ipse claustri)*.

Tel est le redressement facile auquel j'ai cru pouvoir me hasarder sans scrupule; je ne serai toutefois entierement rassuré sur le mérite définitif de ma restitution que lorsqu'elle aura reçu de vous-même, dans la plénitude de votre autorité d'éditeur littéraire de la *Sfera* de Dati, un assentiment approbateur et une accession confirmative.

Est-il besoin, au terme de la route, de jeter encore un coup d'œil retrospectif sur les intervalles? Homère au X° siècle, Timosthènes au IV°, Andronic Cyrrhestes au II° siècle avant notre ère, ont donné leurs noms aux trois grandes époques où ont prédominé tour à tour la Rose primitive de quatre vents, puis celle de douze vents, et enfin celle de huit vents.

L'évolution ne s'est faite entre elles ni de plain saut, ni entière, ni sans lutte déclarée. Des conditions variables de climatologie, signalées par Hippocrate, au V° siècle avant notre ère, semblaient induire à un développement, contre lequel s'éleva au contraire la synthèse restrictive de Thrasyalces, qui ne voulait tenir compte explicite que des deux vents polaires, seuls en possession de directions fixes entre les alternances solsticiales. Mais la progression (sinon progrès) persista, et Aristote vit déjà se compléter le fleuron dodécaphylle qu'allait bientôt vulgariser Timosthènes, et contre lequel se maintenaient encore quelques protestations dont l'écho se retrouve dans les souvenirs d'Aulu Gelle.

Les huit points symétriquement répartis sous la Girouette d'Andronic réalisaient un compromis entre le développement exuberant de la quadruple triade de Timosthènes et la simplicité excessive du type homérique; et cependant ce fut le canon de Timosthènes que la routine des compilateurs du Moyen-âge répéta sans se lasser longtemps encore après que la pratique vulgaire l'avait abandonné en faveur du système qui, des les plus anciens échantillons de cartes nautiques qui nous soient connus, règne désormais sans partage chez tous les marins de l'univers.

Quelques questions critiques de détail se sont trouvé engagées dans cette étude; sans les rechercher ni les fuir, je me suis efforcé toujours de leur trouver la solution la plus simple et la plus naturelle : puisse-je avoir réussi à mériter votre assentiment; ce me serait une précieuse fortune, si la gracieuse courtoisie romaine ne devait me tenir en défiance contre la périlleuse éventualité de trop indulgentes formules.

Ce qui ne peut être simplement une courtoise formule, c'est la sincère expression de cordiale gratitude que je vous prie, cher monsieur, d'agréer en retour de l'obligeant empressement que vous avez mis tant de fois au service des furetages bibliographiques dont mon indiscrète curiosité imposait la charge à votre infatigable bonté. Aussi demeure-je à toujours

Paris, mars 1874.

Votre très-obligé serviteur
D'Avezac
De l'Institut de France.